U0918964

湖南文艺出版社
HUNAN LITERATURE AND ART PUBLISHING HOUSE
博集天卷
CS-BOOKY

闺蜜 Girls

天地玄黄，

宇宙洪荒，

跨越时间的无情长河，

我知道，在这苍茫世间，有你陪着我。

——题记

# 目录 Contents

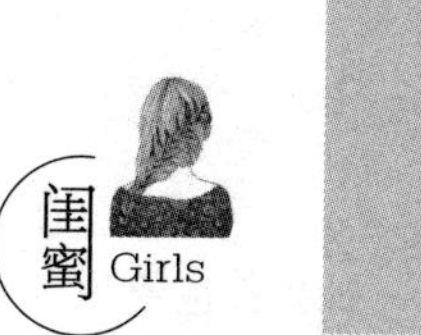


## 引言

# 好姐妹，相识一场，死也陪着你

## —— 1.

如果你也曾是Z大第二十八届的毕业生，那么你一定会记得在你毕业那天，有个女生从楼顶那悲壮的纵身一跃。

如果你的记忆力足够好，那你兴许还会记得在目睹这一幕后，笑得没心没肺、花枝乱颤的另外两个女生。

如果你忘了，那总会还记得一些别的什么吧。

那些年少青葱的一时糊涂，那些信誓旦旦以为永远的一战到底，那些不用负责的我爱你，那些自以为是的在一起。

那个毕业季，你们以为，为离别流下的那些眼泪凝成的斑驳美梦，仿佛永远不会醒。

那是一个不讨喜的夏天，尽管雨水特别多，却怎样也冲刷不掉空气里弥漫着的闷热。

不过这样的天气并没有影响到小美和希汶的好心情，她们今天就要毕业了，四年的大学生活总算要在今天画上一个还算完美的句号。

从此之后，桥归桥路归路，大家各走各的，各自去面对这社会上五光十色的极品们。

想想还有点小激动呢！

冲着学校外的一片大草坪放眼望过去，已经有不少同学三三两两地聚在一起，一边抹着离别的泪，一边互相叮嘱以后要常联系一定要好好的明天也要做伴后天更要在一起……

这是每年毕业时都会上演的戏码，也是每年这个时候都能听见的话。

如果草有记忆功能，此时此刻，一定听吐了。

小美拿着一台 DV，四处拍着，和希汶从一堆女生身边经过。

那些女生正在对天发誓，承诺着类似“苟富贵，无相忘”“永远都是好朋友”等等。

希汶听得有些感动，忍不住晃了晃小美的手臂。

“你听你听，多感人啊，我都要哭了。”

“幼稚！”小美狠狠地白了希汶一眼，“每年毕业的时候你来这里转一转，都能听见这些话，跟鬼打墙似的，但事实上呢？一年，顶多一年，就相忘于江湖了。”

“你怎么知道，你又没毕业过。”希汶悻悻地说。

“嘁，没吃过猪肉还没见过猪跑啊？”

“你就一点感触都没有吗？还真是心比金坚。欸……不对，这好像是个褒义词。”

“人生下来呢，注定是要面对生离死别的，这很正常，而且话说回来，她们是真真儿要分开的。而我们，依然在一起！”

“嗯，也对，我们‘闪亮三姐妹’是分不开的。”

“恶心死了，不要乱取名字好吗？”

“欸，说到三姐妹，Kimmy 呢？”

“谁知道那疯婆子又去哪儿了，估计又跟她男人腻在一起呢。不管她，有异性没人性。”

希汶嘟了嘟嘴没再说话，拿着手机冲进人群去跟同学们挨个儿合影。

小美也拿起手中的 DV，认真记录着这里的每一个角落。

怎么会没有感触呢？小美想。

毕竟也是生活了四年的地方，那些断断续续散落在各个角落的记忆，像一幅巨大的拼图，拼凑出她人生中最好的四年。

初恋或者初吻，初次翘课或者初次挂科，这些值得被纪念的第一次，就像是浩瀚夜空中一颗颗璀璨的星星，闪着动人的光，聚成一片温暖的银河。

“唉……”小美淡淡地叹了口气，关了摄像机向人群走去，准备拍摄她们毕业前最后一张也是唯一一张全班大合影。

## 2.

几十个人穿着哈利·波特一样的毕业袍子，手拿方方正正的毕业帽，在教授高声宣布他们正式毕业后，将帽子高高抛向高空。

咔嚓一声，定格成一张天空飘满帽子或者说是凶器的照片。

帽子纷纷落下，砸中了不少人的头，疼得眼角泛起泪光，很是应毕业离别的景儿。

“Kimmy 呢？她是不是一直都没出现过？”似乎想起点什么的小美问身边同样眼角带泪的希汶。

“不知道啊，我也不记得看见过她。”希汶装作不在意地擦一擦眼角。

“一定是跟她男友在某处哭哭啼啼互诉衷肠吧。”

话音未落，两个人的手机就嘀嘀嗒嗒地响起来，她们各自掏出手机看了一眼，然后交换了一个“这疯婆子闹屁啊”的眼神，拔腿就向教学楼跑去。

天阴森森的，有种山雨欲来风满楼的凄美。

此时的 Kimmy 正站在楼顶的边缘，风吹起她哈利·波特般的袍子，露出里面材质精良的雪纺长裙。

她就那么安静地站着，做望穿秋水状眺望着远方。

这风还真是凉爽，哼，吹起我的裙摆结合我的头发，那画面一定很美，Kimmy 忍不住想。

“Kimmy！”双双赶到现场的小美和希汶大声喊道。

站在天台边缘的 Kimmy 被这突如其来的平地一声吼吓得一哆嗦，她赶紧往后退了两步，调整了下表情，擦了擦刚冒出来的一点点冷汗，还用余光迅速偷瞟了小美和希汶一眼。

希汶倒是很配合地吓白了脸，小美手里却依然提着那台被她视若珍宝的摄像机，指示灯一闪一闪的。

Kimmy 知道那玩意儿正拍着呢，于是她索性又向天台的边缘挪了几步。

“你们别过来，再过来我就跳下去。真是想不到，毕业之日竟是我仙逝之时，我的人生竟然就要在这一天终结了。”Kimmy 哀怨地看着镜头，两眼泛着微微的红。

“怎么了你这是？今天上午出门前不是还好好的嘛？”

“我失恋了！我被甩了！你们能相信吗？被甩的人竟然是我耶！”Kimmy 双手捂着胸口，满脸的不可思议和痛心疾首。

小美和希汶心照不宣地互看一眼，恍然大悟。

Kimmy 依旧保持着倚栏回首的姿势，语气幽怨得仿佛破了国的贵妃：“他说因为我要去美国了，所以没有信心和我继续下去，毕业就失恋这样的事情，竟也发生在我身上！”

“是文学系那个渣男吗？你不是早就想跟他分手了，这下不是刚好嘛，何必为了他要死要活的。你心里有什么不痛快的就跟我们说，先下来好不好！”希汶在一旁焦急地劝道。

“谁说我是为了他要死要活？我是为我自己！哀我不幸怒我不争！这就是我艰难困苦的一生！”

“得了吧你。”小美大大地翻了个白眼，完全不顾一旁希汶的劝阻，吧儿吧儿地说着，“你艰难困苦？人长得美你爸又那么有钱，马上又要奔赴美国念书，学成归来就是海归，身价又翻了好几倍，还好意思感叹自己艰难困苦？”

“你懂什么呀？我现在面临的问题是我不快乐！去美国有什么好的，我最讨厌美国了，我生在这儿长在这儿，关键是还有你们两个陪我，我想跟你们在一起。反正我不管，你们赶紧打电话给我爸，让他来亲眼看看他是怎么逼死他如花似玉的女儿的！”

## 3.

话说到这儿，小美和希汶秒懂了，想来也是这样的，不管 Kimmy 把自己的生活张罗得多么不靠谱，她都还是个超级热爱生命忠于自己的人。

寻死觅活这种事，大概就只是为了过过戏瘾罢了。

“我觉得还是算了，别等你爸了，要跳就跳吧，我这儿录着呢，回头拿给你爸看就行了，有什么遗言你赶紧说。跳下去以后再想张口说话可就难了。”小美转了话锋，并举起摄像机光明正大地拍了起来。希汶明白小美的战术，也不说话，兀自在一旁看好戏。

“我早就知道你在拍了。”Kimmy 得意地说，“没人性的东西。算了，小美，我知道你一向都是刀子嘴禽兽心；希汶，你是个善良的姑娘，你帮我打。”

“Kimmy，不要闹了好不好，你站在那边很危险的，赶紧过来。”希汶没搭打电话的腔。

“你们……你们真的是……太让我伤心欲绝了。”

Kimmy 依然站在天台的边缘，好面子的她倏然发现自己已经骑虎难下了。

三个人就那么在原地僵持着，沉默良久。

“你到底跳不跳啊？”小美等得不耐烦了，把摄像机递给希汶，大步朝天台边缘走过去，跟 Kimmy 并肩站着。

“是不是觉得一个人死不够壮烈？来，我陪你，不求同年同月同日生，但求同年同月同日死，好姐妹，我今天也算对得起你了吧？抓紧我的手，我数到三我们就跳，准备好了吗？”小美一边说，一边紧紧握住了

Kimmy 的手。

远处的雷声在此时闷闷地滚了起来，很是应景。小美一脸坚毅，仿佛是将要渡劫飞升的大仙。

“你这是要干吗呀？松开我啊。”Kimmy 有点怕了，努力想挣脱被握住的手，顺便还把求助的目光投向希汶。戏瘾早过得差不多了，她只想要个台阶下，却没想到小美给她的“台阶”是这一栋大楼。

希汶却默默举起了摄像机，说：“放心，已经在拍了，等你们死了之后我会把带子交给你爸。”

“就让你爸为我们内疚一辈子吧。准备好了吗？一！二！……”小美根本不搭理 Kimmy，继续忘情地数着，“跟这个世界说再见吧，三！”

三字一出，Kimmy 本能的求生欲瞬间腾空，她用力挣开小美的手，伴随着尖叫声和雷声跳回天台。

可是她挣脱得实在太用力了，还站在边缘的小美重心不稳，脚底一滑，像一团雾一样消失在她们眼前。

“天哪！小美！”

紧接着又是尖叫声和雷声，希汶和 Kimmy 跑到天台边缘向下看去，小美正以一个十分夸张的姿势趴在楼下的凉棚顶上。

“放心，还活着！”小美用尽力气朝楼上的两个人喊话，“Kimmy，你欠我一条命！”

两人都松了口气，接着便开始笑，起初只是含蓄的抖动肩膀，几秒钟后，变成了没心没肺的大笑，最后则变成了狂笑。

“笑屁啊，老娘腿断了！快来救我啦！”依然趴在凉棚上的小美一肚子火，冲着楼上的两个人吼道。

笑声还是久久未停，没人注意到，天已经开始悄悄地放晴了。

好一片晴朗，在这结束又是开始的一日，为这三个女孩的人生，留下了一整片千金不换的蔚蓝。

# Chapter 1
# 那些过去，那些愿望，那些最美好的时光

## —— 1.

尽管小美折了一条腿，却也只换来 Kimmy 两个月的自由身。

在爸爸使出停用信用卡的撒手锏后，她终于动身去了美国。

三年中，Kimmy 从未回来过。

每次小美和希汶在视频电话里，痛心疾首地埋怨她狼心狗肺崇洋媚外时，Kimmy 都会异常动情地解释道：

“不是我不想回来看你们，只是我怕一回来，就再也舍不得走了。”

希汶的眼睛里总会泛起泪光，而小美却会白眼一翻，硬生生从牙缝里挤出两个字：

“矫情！”

她们用各自一贯的方式，为彼此的人生不断注入新的生机。在约定好的重逢到来之前，让这段友情依然璀璨如初。

毕业后，小美进了电影学院进修，尽一切可能想要去圆自己一直以来的电影梦，以身外身，做梦中梦，在光影的世界里，不知魏晋。

希汶顺利进入一家酒店做着前台的工作，她性格温顺，热情善良，在这份工作里乐得其所。跟男友林杰的感情，也平缓地往前细水长流着。她是知足的女孩。一个知足的女孩，总归比较容易幸福。

而身在资本主义国家的 Kimmy 最常做的事情，除去每天读完书之后大叫“要被作业逼死啦”，就是在每修完一科后去逛奢侈品店犒劳自己，纽约家中的衣柜，时刻要被塞爆。

当然，她没忘了自己大洋彼岸的苦大仇深的两个姐妹。

买什么，都总会有她们一份。

有些美好，总归要有人分享，才更能显出不一般的况味。

她们各自用自己的方式，在这个那个城市，骄傲地生活着。

试着去追寻幸福，哪怕前方是万丈深渊，也要心心念念着彼此，微笑跳过，披荆斩棘迎来下一座高山。

试着去爱一些人，试着去规避掉那些爱带来的伤害，试着适应这个社会的规则，试着不忘当初为何出发，试着就算有人走在了前面，也会转头拉彼此一把。

命运的大门，正在缓缓地向三个人打开。

她们睁大双眼，遥遥地望向未来，满是天真。

明天仿佛夏日夜空，布满璀璨星辰。

浩瀚的宝石蓝底色上，你永远不知道，哪一颗流星，会在坠落后，成为你指尖上的钻石，让你成为这世间，最幸福的公主。

失败？伤害？背叛？

是的，它们存在着，你必须得承认，就好像承认暗，才会有光。

它们披着黑色的外衣，潜伏在每一个可能的路口，带着狰狞的笑，跃跃欲试。

但是，有什么所谓呢？

无论那茫茫的前方有什么？她们都不怕，因为有彼此。

甜美，她们会一起笑着接过；泪水，她们也会齐齐笑着咽下。

她们何其幸运，在人生短暂的初始，就有了别人也许一辈子都不会拥有的陪伴感。

这种陪伴感，让她们迎风的路永不孤单，昂着头，胸前总会挂着温暖的勋章。

光芒万丈。

人和人之间的缘分，是很神奇的东西。

有些人前一天还好得跟一个妈生的一样，只是隔上一两天不见，就生疏了。

而又有一些人，即便天各一方，即便隔了三秋，却还是千丝万缕相爱得你死我活。

就好像此刻正坐在沙发上欣赏毕业时那个历史性片段的三个人。

此时，距离她们上一次三人团聚，已经过去整整三年。

屏幕上播完最后一帧小美从天台上失足坠楼的画面，她拿起遥控器关掉了电视。

“你这是……要报仇啊？”Kimmy 狐疑地看着小美，小心翼翼地问，顺带做好了防御姿势。

“我没你那么小心眼儿。”小美抛给 Kimmy 一个标志性的白眼，郑重其事地走到客厅中间，“亲爱的姐妹们，我有个好消息要宣布——我！升！职！啦！”

她端起一颗少女初恋般的小红心，满眼星光地望向 Kimmy 和希汶，等待她们雀跃地站起来跟她一起摇摆。

但俨然，眼前的两位小姐甚是冷静，完全反弹了她的希冀。

希汶是因为反射弧太长一时间来不及反应，而 Kimmy……

“升职？从打杂的变成打杂总管啦？”

没错，这个世界就是这样与你为敌的。上帝创造人类的时候，总会一不小心就造出那么几个心眼儿蔫儿坏的最佳损友，她们陪伴你爱护你，然后在你兴高采烈的时候拔一支冷箭射你个半身不遂。

而小美的这位损友，就是 Kimmy。

“不嘴贱能死啊你？”小美狠狠瞪了Kimmy一眼。

“我就是不懂嘛，在片场大家都各负其责，哪个位子也不缺人，还有升职这一说？”Kimmy纯情无害地耸了耸好看的肩，这是她从工作里带出来的职业病。

“废话，一个人只要肯努力……”小美话说了一半，觉得跟Kimmy实在没有啰嗦的必要，于是大手一挥说，“算了算了，跟你讲这些也没用，反正，从下周开始呢，我就是纪录片《女人那话儿2》的执行导演了。”

“真的啊？恭喜你啊！小美！”希汶的反射弧运作终于缓冲好了，拍手尖叫，站起来准备上前跟小美拥抱庆祝，却被Kimmy硬生生给拽了回来。

“等等，有诈！”Kimmy微微眯起眼，歪过头直直地盯着小美，仿佛想用精心打理过的睫毛去戳她个原形毕露，“你当执行导演，跟那个片子有什么关系？这个铺垫是不是太诡异了点？”

“哎呀，果然还是你嗅觉灵敏，‘东方神犬’。”小美这次没翻白眼，一反常态地做谄媚状，向Kimmy露出讨好的目光。

“骂谁呢这是？”

“没有没有，我的意思是说，你敏锐度高，善于观察，美貌与智慧并存，一下就看穿了我的小伎俩。”

“哼！无事献殷勤，非奸即盗。”Kimmy 志得意满地昂起头，在沙发上摆出一个霸气撩人的姿势，“说吧，怎么回事？”

“是这样的，这部纪录片呢，顾名思义就是讲闺蜜之间的小暧昧小秘密，所以咧……当时导演一说出这个想法，我就灵机一动，咦，咱们不就正好是闺蜜界的楷模嘛，不如就来做我们三个，近水楼台！这么好的题材和机会，不能让别人占了先机啊，你们说是不是？”小美万分乖巧而谄媚地给 Kimmy 递上一杯水，顺带着抛了个做作至极的媚眼，以期能够利用出卖色相来达到目的。

可 Kimmy 似乎根本没有在意那个像极了眼皮痉挛的媚眼。

“小美你脑子被驴踢了吧？那是我们的隐私，闺蜜之间的这些事跟夫妻之间的床笫之欢没区别，哪能这么随便地公之于众啊？”

“拜托了，这次机会真的是很难得，导演是黄真真呢，就是拍《被偷走的那五年》的导演啊。Kimmy，你看那部电影的时候，不是哭得差点背过气去了嘛。要是这个作品成功了，我是有机会去釜山电影节的。你们也知道我一直以来的梦想就是当导演，这个机会千载难逢，你们就帮帮我嘛，很简单的，就是一些简单的采访，你们就做自己就行，不需要什么演技。”小美像鹌鹑似的缩成一团，却还是死死地咬住最后的希望，整张脸扭成一副可怜巴巴的小媳妇相。她双手在胸前合十，把虔诚到闪光的目光投向了希汶。

“是啊，Kimmy，我觉得没什么，不过就是说说话聊聊天，咱们就帮帮小美。”希汶收到小美的求救信号，也在一旁帮忙劝着。她倒是没有太多所谓，只是想在小美的梦想近在咫尺时，助力地推一把。

Kimmy 沉默了一会儿，眼珠子上下左右转了几圈，缓慢地说：“小美，你要知道，没有人有义务为你的梦想埋单。所以……到时候把我拍得漂亮点，微侧 30 度的时候我的脸形是最完美的，一定要用那个角度拍我，不然我可是要翻脸的。”

说完，Kimmy 优雅地站起身，踩着 10 厘米的高跟鞋走到门口，开门准备离开。

离开前，她慢慢地转过头，看见小美和希汶还一头雾水地愣在那儿。

“愣着干吗呀？把我的要求记下来啊。我先撤了，一会儿还有个晚宴呢。”

说罢，Kimmy 出了门，刚走两步，她就听见屋子里小美和希汶欢呼雀跃的庆祝声。

她停了一下，嘴角露出满意的笑。

很快，走廊只留下了一串铿锵的高跟鞋叩击地板的清脆声。

## —— 2.

Kimmy 回国后，在她有钱老爸的帮助下进了 JIMMY CHOO 做市场推广。

这份体面的工作瞬间安抚了 Kimmy 那颗不安分的小心脏。

她整日整夜地穿梭在大牌明星和花样美男的队伍中，频繁更换着身边的男友。

小美从电影学院毕业，就一直跟着各路剧组在片场学习兼打杂，她努力勤恳又聪明能干，总算一步一步混到执行导演的位置。感情呢，依旧是一片空白。不过没关系，电影是她最好的情人。

唯独希汶这些年来一直踏踏实实地做着自己的小前台，不过她不在乎，她丝毫不想在职场上跟别人拼杀个你死我活，在她看来，只有感情不美满的女人才有那些闲工夫在职场上打天下。这是一片安慰大龄未婚女性的乐土，并不属于她。

她的眼中，只有林杰。

“你这人怎么这么没上进心，就没想过升职或者跳槽吗？”

三个人坐在咖啡馆里悠闲地喝着下午茶，小美又开始用这样恨铁不成钢的口气责备她。

希汶毫不在意，一脸幸福洋溢地喝着可乐。

“无所谓啊，反正我跟林杰很快就结婚了。他说等结了婚就让我把工作辞了，在家做全职太太。”

“天生你材必有用，你就这么甘于平淡，不觉得太浪费生命了吗？”

“当然不会，每个人的追求不同，比如你的理想是当导演，Kimmy

的理想是上遍天下美男，而我的理想就是相夫教子，当一个合格的家庭主妇。”

“拜托，家庭主妇等于黄脸婆这个公式你没听过吗？再说男人的话能信吗？你要是真辞了职，就等着哪天被扫地出门吧。”小美翻着大白眼，恨铁不成钢。在她心中，唯有个人独立与梦想才是正道，家庭妇女这种职位，只适合生活迷茫灵魂缺失的市井妇女。

“林杰才不会甩了我，我可是他人生中的第一个女人，这个纯情小处男……”希汶眯起眼睛，做色眯眯状。

“得了吧，你难道不是第一次？！不过话说回来，你家林杰也够窝囊的，守身如玉到那么大年纪。”Kimmy 一脸嫌弃地说道。

“那叫纯洁。”希汶噘嘴。

“姑娘，听我一句。总有一天，你们家林杰会悔不当初。心想，妈的，当初老子竟因为纯洁而错失了那么多好货。”Kimmy 握着希汶的手，语重心长。

“去你的。”希汶笑着推了 Kimmy 一把，“欸，你是不是看我要结婚了，心里特嫉妒啊？一个劲儿诋毁林杰。”

“我会嫉妒你？我告诉你，结了婚的女人老得可快了，尤其是你这种打算在家相夫教子的类型。你看我妈，以前整天愁眉苦脸的，在我记忆里就没见她笑过，简直是苦大仇深。后来跟我爸一离婚，小生意一做，小男友一交，你再看她现在，花枝招展容光焕发的，比什么都有用。所以说，婚姻是坟墓，离婚是重生。”Kimmy 优雅地举起手中的杯子抿了一小口，给了希汶一个意味深长又故意有点贱的微笑。

“谬论。”

“再说了，我身边什么样类型的男人没有，就林杰那种大众货，一抓一把，你要吗？我抓几个送你。”

“我不要！”希汶赶紧摆摆手，“送给小美吧，她到现在都还没谈过恋爱呢。”

小美还没来得及抗议，Kimmy 就一脸郑重仿佛略有深思地点点头，接着说道：“那我觉得她跟林杰那个老古董挺般配的。”

希汶刚要回嘴，电话就响了，她拿着电话嗯嗯啊啊了几句，脸色一阵阴一阵阳的。

略略不情愿地挂断电话，她拿起包火急火燎地就要往外冲。

“你去哪儿啊？”Kimmy 拦住她问。

“林杰下午临时有事要去泰国出差，我把护照给他送机场去。”

“你们明天不是约了婚礼统筹吗？”Kimmy 和小美惊诧地互看一眼。

“是啊，他去不了了，你们陪我。”希汶一边往外走，一边回头跟俩人说。

“我们凭什么……”

两个人异口同声地冲着门口的方向喊，不过太晚了，希汶早已像一道光一样消失得无影无踪。

“有异性没人性。”Kimmy 喝了口咖啡，低声抱怨着。

“重色轻友的东西。”小美也不甘示弱地补上一句。

但无论嘴上骂得多狠，心里都会不自觉地浮现出一个无可奈何的笑。

她们的希汶，就要得到爱情里的圆满结局了。

这样想想，“闺蜜的男朋友”这种注定了跟她们抢人的物种，似乎也有几分慈眉善目了。

## —— 3.

林杰的意义对于希汶来说，除了是一位最适合与子偕老的生活良伴以外，还是她大学时代最得意的一件战利品。

如果你问老实巴交的希汶，她有生之年做过最不平凡的一件事是什么，那她一定会异常骄傲地告诉你：

“我追到了林杰。”

那是希汶正式步入大学校园的第一天，她一直特天真也特感恩地想，如果那天不是因为林杰突然出现在她的生命里，那么她大学生活的开端，将注定写满“不高兴”三个大字。

爸妈美其名曰要锻炼希汶的独立自理能力，谁也没来学校送她。

小美和 Kimmy 虽然一同考进了这所学校，但毕竟都是家里宠大的孩子，都忙着跟父母依依不舍呢。

孤单的希汶大包小包地提着她的全部家当，走在被太阳烤得炙热的校园路上。

沉重的背包把她压得摇摇欲坠，洁白的 T 恤一角在刚才下车取行李的时候，蹭了一大块斑驳的黑，突兀得很。

一辆跑车在人群里猛按喇叭，大家一脸嫌弃地给车主让出一条路。

跑车从希汶身边飞驰而过，带起一片纷纷扬扬的尘土，她咳嗽了两声，皱了皱眉头。

天气太热了，实在走不动了，她坐在箱子上发呆。

早知道就不带这么多东西了，装什么风儒高雅，硬是要带一箱子翻都没翻开过的书。

她站在原地捶胸顿足地想。

“我来帮你提吧。”

这个声音就像是炎热夏天里的空调房，像阴暗隧道里的一丝光亮，像万丈悬崖上那一根坚韧的救命稻草，以最大义凛然和天神降临的姿态出现在希汶的生命里。

她欣喜地回过头，却看见一个文文弱弱的男生，有白净的皮肤和两条颤颤巍巍的大长腿。

“不用，不用了，我自己可以。”

不是希汶不愿意被帮助，实在是眼前这男生着实不是块干粗活的料，还没自己看上去有劲儿呢。

“没事，走吧。”

那男生并没有理会希汶的拒绝，顺手提起最重的那只箱子向前走去。

希汶小心翼翼地跟在后面，心里一阵阵不安。

“我不会是遇见碰瓷的了吧？欸，好像走得还挺稳健，像是平时经常做运动的人。等等，这会不会是回光返照？他不会马上就要晕倒了吧？唉，今天已经够倒霉了，要是他真晕倒了，我可拖不动他去医院，只能跟他同归于尽了……不行，那我死得也太不值了。跑吧，反正那箱子里的书估计以后我也不会看，丢了就丢了。等一下，那算不算是肇事逃逸啊？应该不算吧……”

都说少女情怀总是诗，但此时天真的希汶已经发散思维到有些神经了。

“你住哪栋楼？”

那男生突然停下脚步回头问她，希汶被吓了一跳。

脑子里那个几近走火入魔的被害妄想症小人噗的一声化作一缕青烟，消失得无影无踪。

“嗯……学三。”

“好，不远就到了。你是新生吧？我叫林杰，读大二，你呢？”

林杰冲希汶淡淡一笑，放慢了脚步跟她并肩而行。

希汶闻到他身上淡淡的洗衣粉香气，像是无花果的味道，她微微眯起眼睛。

“我叫希汶。”

“名字真好听。”

“谢谢。没想到，你还挺有劲儿的呀，我这箱子特沉吧？”

“我平时经常运动，别觉得我看起来很柔弱，我高中的时候还拿过校运动会铅球冠军呢。”

“哦，是吗？真看不出来啊，哈哈，哈哈哈……”希汶笑了，笑声充满了尴尬和毛骨悚然，也不知道是因为不相信，还是因为对一开始的质疑有所愧疚。

那一天，虽然炎热得仿佛整个世界都要烧掉，却奇异得并不让人讨厌。

“你知道他为什么力大无穷吗？因为他没有性！生！活！”

后来希汶跟林杰开始交往并顺利有了第一次之后，Kimmy 得出了如上结论。

“你别胡说好不好，林杰是真的经常运动健身的人。”希汶不高兴地反驳。

“有个词叫什么来着，无欲则刚，现在他尝到了甜头，满脑子都是欲望，你再让他提提当年那箱子书，肯定虚得一塌糊涂。”

希汶害羞地笑笑，没接话，洋溢着满脸的幸福。

不过这场恋爱开始得并不容易。

那天林杰把希汶送到宿舍之后，就头也不回地走了。

已经从对方要碰瓷的念头转变为要追他的希汶，怎么也没想到他连电话都没有留下，就这样真情演绎了一把现代版活雷锋。

从那天起，希汶这个大学是没有心思读了。

她就像是一个不幸跟家人走散的姑娘，无论走到哪儿都眼神涣散地看向人群，想要从中扒拉出林杰的影子。

可即便是身处同一片蓝天下，要从偌大一个校园里凭空找个人也不是件容易的事情。

“你可真够没用的，除了名字竟然什么也不知道了。”

在学校的奶茶店里，凭借有限的关系帮希汶找人无果的小美怒其不争地说：“林杰！林杰是个多普通的名字你知道吗？单是我们学校，我已经找到八个林杰了，但都不是你要找的人。你当时拦住他要个电话能死啊？”

“我哪儿好意思嘛，人家是女孩子，怎么能主动问男生要电话。再说我原本以为他是想泡我，可谁知道他放下东西一声不吭就走了。”

“奇葩，你俩都是奇葩！”

希汶低头喝着饮料，小美骂完之后，也懒懒地看向窗外没再说话，不过看脸色就知道，心里还是窝着一股无可奈何的火。

两人正各自发着呆呢，丝毫没注意到 Kimmy 像踩着风火轮一般，火急火燎地冲到了她们面前。

啪的一声，她把一张纸拍在了桌上。

这一巴掌拍得那是相当有力，把两人都吓得一哆嗦。

“大二经管系三班，学国际贸易，这是课程表。没课的时候一般都在图书馆二楼左边靠窗的位子看书，单身，不吸烟不喝酒不赌不嫖，也无其他不良嗜好。成绩优异，为人善良，据说从没谈过恋爱，保守估计还是处男，得性病的可能性较低。我只能帮你到这儿了，剩下的看你自己的本事吧，去给我买杯咖啡，多奶少糖。”

Kimmy 淡定而条理清晰地说完这些话，一屁股坐在椅子上，掏出手机开始玩游戏。

小美和希汶忍不住向她投射出崇拜、感激、惊讶以及这女的真是上天入地无所不能的目光，但沉浸在手机游戏里的 Kimmy 依旧云淡风轻。

“唉，也是朵奇葩。”

小美叹了口气，轻声说。

希汶耸了耸肩表示赞同和无奈，便起身去给 Kimmy 买咖啡去了。

当然了，她没忘记淡定地顺走桌上的那张课程表。

刚转身，幸福得背影都哆嗦了。

希汶为自己制订了一个周密的追求林杰的作战计划，归根结底其实就是四个字：制造偶遇！

对，不停地制造偶遇，教学楼、图书馆、食堂，甚至是浴室门口。

“怎么样，是不是很完美？”希汶很得意地把自己排出的时间表拿给小美和 Kimmy 看，“怎么样嘛，你们给点意见啊。”

小美和 Kimmy 谁都没说话，她们抱着一颗看好戏的心，想看看按照希汶的计划，到底最后能战出个什么结果来。

可这场腻腻歪歪纠纠结结的偶遇和暗恋持续了整整一个月，其间无论小美和 Kimmy 怎样旁敲侧击动之以情晓之以理，都无法撼动希汶那颗不好意思的心。

直到 Kimmy 再也忍不住，威胁希汶说：“如果你再不表白，我就把林杰给收了。”

这才终于让希汶有了些许动摇。

于是，在一个日光和煦的下午，希汶在小美和 Kimmy 的陪同下，在图书馆门口截住了正要去看书的林杰。

“嘿，你还记得我吗？我是希汶，开学那天你帮我搬东西来着。”

“哦，记得，这几天我总能看见你。”林杰温和地笑了笑，不失礼貌地对站在一旁挤眉弄眼表情怪异的 Kimmy 和小美点头示意。

“林杰……”希汶停了停，接着说，“听说你还没有女朋友，我也没有男朋友，你要不介意，咱们俩凑一对得了。”

“啊？”

“没事，你不用马上回答我，你知道我住学三的。你仔细考虑考虑，要是愿意，那今天下午六点钟你就在我楼下等我，要是不愿意，就别出现了。”

说完，希汶骄傲地转过身，头也不回地离开了现场，留给了已然呆若木鸡的林杰一个“悲壮”的背影。

许多年后的今天，再想起当初告白的那一刻，希汶都很想死。

想跟哆啦 A 梦借来时光机，回到过去，飞踢当时语无伦次自以为是的自己。

多！二！啊！

可是，谁的青春没有二过呢？

也许正是因为那些二过的日子，才组成了我们旧日时光里，最美好的片段。

所以，直至今日，希汶也还是很感恩；自己当初没有临阵退缩，没有在表白之后落荒而逃，仿佛一个逃兵。

而且，也许这也是这么多年来林杰一直对她心怀敬意的原因吧。

他以为她是那种武能上马定乾坤的女汉子，所以才能表现得如此临危不乱。

其实，哪儿啊，她再怎么拔高自己，也只能算是初生牛犊不怕虎。

不过，这些年来，希汶在林杰面前，也一直都在尽职尽责地扮演着女汉子的角色。

不给他添麻烦，还要随时解决他的各种麻烦。不求他多爱自己，只求自己能多爱他一点。

在他加班的时候，送去一份满是爱意的夜宵；在他回家后，为他放满一池温度适宜的洗澡水。

虽然希汶的内心，是一个需要被呵护的女孩，需要被捧在手心呵护的那种。

可因为爱林杰，她让自己变成了一个不一样的人，一个仿佛雷锋般在爱人的人，一个横冲直撞、不计代价的人，一个为了他可以跟全世界为敌的人。

她把爱林杰，当成了自己的信仰。

这段爱情是从什么时候开始的呢？

也许是从那天下午她看见林杰害羞木讷地拿着一朵玫瑰花，六点钟准时站在楼下等她的时候吧。

那时的希汶就想，我一定要嫁给这个男人，我一定要对他好。

这一晃，就是好多年。

## ___ 4.

希汶拖着行李匆忙地跑进机场，远远就看见林杰正站在那里等她。

希汶看着人群里仿佛闪着光的林杰，有了一瞬间的恍惚，就像当初他站在她楼下等她的样子，还是那么让人心旌摇曳。

希汶嘴角浮上一丝甜蜜的笑，冲着正好看向这边的林杰挥了挥手。

“看你累的，一头的汗。”

林杰走过来，从口袋里掏出一包纸巾递给希汶。

“没事的。”希汶随手擦掉额头上渗出的细密汗珠，把行李和护照交给林杰，“你是不是还没吃东西？我去给你买。”

“不用了，飞机上有吃的，你留下来陪我一会儿吧。”

“不行，你不是最不喜欢吃飞机餐的嘛。等我一会儿，很快的。”

“希汶……”

林杰叫不住她，只能眼睁睁看着希汶朝机场的另一头一溜烟儿跑了。

机场的星巴克里已经排了很长的队，希汶怕时间来不及，只好厚着脸皮中英文并用，一个一个地向排在她前面的人解释。

“不好意思，我男朋友赶着上飞机，能让我先买吗？谢谢，谢谢。Excuse me，my boyfriend is in a hurry. Would you mind if I just get in front of you？ Thank you，thank you very much.”

飞机餐到底有多难吃，你们就不能将就一下吗？

希汶一边跟别人解释着，心里一边愤恨地想。

无论是怎样程度的龟毛，只有在林杰身上，才值得被原谅。

可，最终还是没赶上。

当希汶排到队伍中段的时候，手机清脆地响了一下，是林杰发来的短信：

“我准备登机了，回来见。想你。”

看着手机屏幕，希汶觉得有点沮丧，她不知道是应该责怪自己没听林杰的话留下来多陪他一会儿，还是应该怪自己动作太慢没买到吃的。

她从人群中撤出来，一个人在机场漫无目的地溜达着。

这种悔不当初的感觉实在是太差了，希汶忍不住想。

走到机场出口，希汶不经意地回头看了一眼。

恍惚间，她仿佛又看见了林杰，他身边还有一个女孩子，跟他肩并肩很亲密的样子。

希汶揉了揉眼睛，再看过去时，那两个人已经消失了。

“啧啧，太想念一个人还真的会有幻觉出现，太神奇了，我要回去告诉小美和 Kimmy。”希汶自言自语地说着，大步走出了机场。

## 5.

“我真是服了，你们是怎么找到这家餐厅的？”

按着短信地址找来的 Kimmy，像是误闯禁地，一进餐厅就傻眼了。

座椅是形状诡异色彩斑斓的各种蘑菇，桌子是一朵朵没怎么开好的荷花形状。

餐厅里充斥着假树假花，树上还吊着一只面目可憎的假猴子。

成群结队的小孩正叽叽喳喳地在儿童乐园区玩得不亦乐乎。

有那么一瞬间，她恍惚以为自己是站在了水帘洞里。

Kimmy 穿着昂贵的洋装，手里提着她的 Birkin（铂金包）站在一朵蘑菇前，眼神锐利地俯视着小美和希汶。

“你们觉得，合适吗？”沉默许久，Kimmy 咬牙切齿地问。

“哎呀，你就偶尔也体会一次民间疾苦嘛，美国总统也吃过路边摊啊，是不是？而且高档餐厅实在是订不到位子嘛……”希汶跳出来打圆场，但越说声音越小。

“订不到位子？小美，你不是特有自信嘛，是谁信誓旦旦指天誓日地跟我说‘包在我身上’的？”

“对不起嘛，我本来以为搬出黄真真导演的大名他们能卖我个面子，可谁知道根本不管用。”小美这次没跟 Kimmy 顶嘴，她知道这个时候只有卑微地承认错误才是好方法。

“真是店大欺客，耍什么大牌？”

Kimmy 一边抱怨，手上迟疑了一下，最终还是无可奈何地把她的铂金包放进其中一朵蘑菇，自己以一个别扭的姿势在另外一朵蘑菇上坐了下来。

“真是不敢相信，前一刻我还坐在精致的法国餐厅吃昂贵的法国分子料理，这会儿竟然坐在这么个鬼地方吃垃圾食品。命运啊，可真是多舛。”

Kimmy 做哭天喊地状，然后拿起希汶盘里的汉堡大口吃起来，远远看过去，像个流落民间的格格。

“你怎么饿成这样？刚才不是吃过饭了吗？欸，对了，你今天不是去相亲了吗？怎么样？”希汶被 Kimmy 的饿相惊到。

“吹了。”Kimmy 含着满嘴的汉堡，含糊不清地说，“我觉得那人跟小美更般配，他吃素。”

“嗯，就冲这点我倒觉得，你配不上他。”小美喝了一口饮料，一脸正气。

“别老逞口舌之快，没用。你都多久没交男朋友了？”

“爱情不是生命里的唯一，对我来说，也没有那么重要，我还有很多事情要做，很多梦想要完成。燕雀安知鸿鹄之志啊？”

“每次都是这一套台词，跟说相声似的，你将来肯定是个烂导演。”Kimmy 继续大口吃着汉堡，这已经是她吃的第三个汉堡，小美和希汶在一旁看得目瞪口呆。

事实上，小美在大学的时候谈过一次恋爱。

对方是文学社社长，面容清秀英俊挺拔，声音稳重低沉。

小美刚进文学社那会儿，就因为饱读诗书见解独特得到了这位社长的青睐。

一来二去的交谈中，他们发现彼此身上有很多共同点，比如他们都喜欢川端康成，最爱的一本书都是《百年孤独》，都没办法看懂《尤利西斯》，喝咖啡都不爱加糖，吃比萨都会丢掉饼边，还有，他们都喜欢吃学校食堂的蛋炒饭。

两个人抱着一颗相见恨晚的心，恨不得日日夜夜都黏在一起。

那种类似于天造地设般的契合感，让小美在很长的一段时间里都欲罢不能。

两个人的关系越来越明朗，他们在花前安静地阅读，在月下深情地拥吻，可是碍于文艺青年的矜持，谁都没有开口说过那句“我喜欢你”或者

“我们在一起吧”。

但小美觉得一切尽在不言中，多美好。

那年，社长先生生日，小美已然做好了献身的准备。

可谁知，当她来到社团活动经常使用的那间教室时，竟看到自己深爱的社长先生怀里正抱着另外一个女孩。

小美的手脚和脑子突然像闹掰了似的，什么都没想清楚就已经冲了上去。可她一时间却又无法判断是该先把那女的从社长身上拎起来，还是该先开口亮身份。

可是她的身份，究竟是什么？

小美在这样的心理状态下，声音颤抖着质问了社长先生。

社长先生却瞪大了天真的眼睛反问：“怎么了？你跟我不是灵魂伴侣吗？我只当你是红颜知己呢。”

怒不可遏的小美挥起重重一拳，打在了社长先生脸上。

这段在她眼中本该海枯石烂的爱情，就这样变成了一张掉在地上还滚出去好几米的肉饼。

那天晚上，小美在 Kimmy 的怀里失声痛哭，一边哭一边说：

“今晚，就今晚，让我痛痛快快哭一次。天亮之后，我就当这个人从没在我生命中出现过。”

Kimmy 像哄婴儿入睡一样，心疼地轻拍着小美的背：

“哭吧，哭完以后要记得，不可以对感情太认真。川端康成不是说嘛，女人在坠入情网之前，是不知道男人下流的。你早点知道也好，下次遇到渣男就有预警了，应该感恩。”

听见 Kimmy 这么说，小美反倒一下子停住了。

她抬起头惊讶地看着 Kimmy，觉得此刻的她像一道圣洁的光。

“看什么看，我也是读过书的好吗？”Kimmy 白了她一眼，硬生生把小美搂进怀里，“哭，赶紧哭，别偷懒。”

“不是，是你把我晃晕了。”

死鸭子嘴硬，活小美也嘴硬。Kimmy 知道，这就算救活了。

小美继续象征性地哭了两声，最后靠着 Kimmy 的肩膀睡着了。

好姐妹的肩膀，永远比男人要稳当。

那天的夜好长，长到小美差点以为自己会一辈子陷在这黑暗里，单枪匹马长途奔袭。还好，她听见了身后的马蹄声。不须勒马回身，左右两边 Kimmy 和希汶已经追来，不一会儿她们就逮住了太阳。

天亮之后，小美就真的没有再提起过社长先生。

她一脸的心如止水，仿佛这个人从未出现过。

起初，Kimmy 和希汶还担心了好一阵子，觉得她是在佯装坚强。

后来时间久了，社长先生再也没以任何形式，出现于三人的世界里，大家仿佛也就把他忘了。

只是，这世间，哪里有真正的遗忘。

虽然小美不讲，但另外两个女生，都清清楚楚地知道：这是她有生之年唯一的一次动了真情，失败得刻骨铭心。从那之后，她再也没谈过恋爱，也再没试着爱过什么人。

这是一条看不见的伤疤，横在小美心头某个隐秘的角落。

一碰就痛，却始终无能为力。

“小美，你片子弄得怎么样了？”

见两人很久没有说话，希汶赶紧跳出来找话题。

“你不说我都忘了。”一提到片子，小美的眼睛立马又亮了起来，“今天我想到一个超棒的点子，你们听听怎么样。我打算在戏里面加一段特效！”

宣布完这个消息，小美骄傲地昂着头，等待姐妹们的拍手叫好，可除了远处几个孩子嬉闹的尖叫声，只有一片默然。

“掌声，掌声呢？”小美挥动双手，想用现场导演的气派安排剧情、调动气氛。

“特效？你那不是纪录片吗？”Kimmy心满意足地咽下最后一口汉堡，不解地问。

“你先听我说，我那一种是很与众不同的，我想从科学的角度去表现当一个女人看到心仪对象时的反应，我会先从眼睛开始，看到那个女人的瞳孔放大，然后镜头慢慢推进她的身体，看着那些血液迅速流过血管，一下子到达心脏，然后心脏怦怦怦怦地跳……怎么样，怎么样，是不是很真实？”小美兴奋地说。

“不好，感觉怪怪的。”希汶的声音虽然小，这一盆冷水却也浇得小美透心凉。

“我觉得也是，还有，特效不是这样用的，你回去以后应该用特效帮我弄走那些雀斑，再帮我把下巴弄尖一点，像葫芦娃里面的蛇精的那种下巴，哪怕一低头戳死我自己，我也不会介意。”

“会感觉奇怪吗？”小美没搭理 Kimmy，认真地看着希汶问。

“嗯。”希汶郑重地点了点头，“而且要让谁演啊？谁会那么巧正好遇见心仪的人？”

“特效嘛，不需要那么恰到好处的，后期都可以做，而且就算非要找人演，Kimmy 咯，满大街都有她心仪的对象啊。”小美贱贱地笑了笑。

“我这是善于发现美好的东西。整天对着一个人，无论当初遇见他时是怎样脸红心跳，时间久了也什么感觉都没了。人生若只如初见，你瞧，古人早已经发现这件事情了。新鲜感，人都是需要新鲜感的。”

“女人都这样，想要新鲜感，又想要安全感。想去做自己想做的事，又想找个好男人结婚。所有女人都这么自相矛盾这么贪心，所以绝大部分都过得不开心。”小美高深地摇摇头，仿佛一名窥破了红尘的高僧转行来做情感专家。

“不过我们三个各自目标都很明确啊，小美要的是事业，有没有男人无所谓，我要的是林杰，有没有工作无所谓，Kimmy……Kimmy……”说到 Kimmy，希汶语塞。

“我既要事业，也要男人。”Kimmy 接茬儿说。

“不，是要很多很多男人。”小美啜了一口奶茶，欠揍地补充道。

希汶跟小美相视一笑，用眼神 High 5（击掌），接着说：

“不过现在确实是很难遇到开心的事情，不像以前了，你们还记得吗？以前不管我们谁不开心，就会一起去学校附近的许愿池许愿，心情就会变好啊。”

“是啊，那个时候多单纯，吃块糖嘴角都能高兴地流出蜜来。”Kimmy 露出一丝淡淡的带着伤感的微笑。

“那时候我们年纪还小嘛，所以就特别容易被满足。”小美点点头，也有点想念那时候的日子。

“我现在老吗？”Kimmy 紧张兮兮地捧着自己的脸，随手拿起桌上的一把银质小勺照了照自己的眼角，确定没有皱纹后才算松了口气。

Kimmy 放下勺子，才发现对面两个人已经眼神诡异地看着她。

沉默片刻，Kimmy 也懂了。

三个人心照不宣地交换了一下眼神，起身结账，连该找的钱也来不及等就推开了门。当然，希汶还是没忍住，就在她企图回头张望的电光石火间，Kimmy 和小美一个打头一个殿后，整套推拉动作流畅，没让希汶得空顿一下脚，满分。

## 6.

Kimmy 开着那辆拉风的敞篷法拉利，载着小美和希汶在午夜空旷的道路上奔驰着。

车子里放着很大声的摇滚乐，是用来调节气氛的，没有人听得懂那位歌手扯着嗓子在喊些什么。

制作精良的摇滚音乐能发泄情绪舒缓神经，不过此刻车上放的这种劣质音乐，只适合在三更半夜的敞篷跑车上供三个女生发疯。

噪声随着风四处飘散，传进千家万户，有种独乐乐不如众乐乐的慷慨。

一首歌完一首歌又起，是她们熟悉的旋律，于是三个人跟着音乐大声唱了起来。

“哟，都会唱啊。”Kimmy 扭过脸对两个人说。

“废话，大街小巷街头巷尾，整天都能听见这首。”

“是啊，我家楼下卖煎饼果子的小推车上每天循环播放，每天早晨六点钟准时唤醒我的耳朵。”

“既然都会唱，那就赶紧 high（兴奋）起来啊。后排的朋友，让我看见你们的手。”

小美从座位上站起来，手里拿着一件外套旋转着，三个女孩都扯着嗓子大声尖叫。

小美一个没抓住，外套瞬间脱离了她的手，急速远去。小美惊叫一声，Kimmy 和希汶都回头循着她的目光看去。

“看路啊！”希汶回过神来，下意识地蜷起双腿挡在身前，双手扯紧了安全带，缩在座椅上朝 Kimmy 大吼着。

好容易稳住了车，三人又大笑不止。

凉爽的风，拂过三人的脸，能闻到植物的香气，抬头看到满天繁星，一切都有种不真实的美好。

车子一路飙到她们的母校，天还没亮，校园里很安静，像一只正在沉睡的巨大的兽。

她们牵着彼此的手走在当初拍毕业照的那片草地上，新鲜的露水打湿了她们的鞋子和脚踝。

“唉，真后悔没好好拍一张毕业照。”Kimmy 叹了口气说。

“没什么可后悔的，你当时做的那事可比拍毕业照有意义多了。”小美讽刺她。

“哈哈……小美，我觉得还是你更有意义，毕业照也拍了，楼也跳了。”希汶在一旁咯咯地笑着。

“希汶，你可学坏了啊。”

希汶笑着冲小美吐了吐舌头。

穿过草地，天色渐渐亮起来，三个人走走停停，却一直没有说话。

这片土地有着太多的回忆需要在这一刻慢慢盘点，每到一处，记忆里的灯就亮起一盏。

一直走到许愿池旁边时，心中已然变得璀璨斑斓。

三人站在许愿池边，静默了一会儿，小美突然想起点什么，侧脸问：“零钱！我身上没有零钱，你们带了没？”

“放心，我可是万能的小主妇，身上怎么可能没有零钱？”希汶得意地说，从随身的包包里拿出一个小包，里面塞满了硬币。

“我可是有钱人，零零整整各种钱我都有。”Kimmy 也不示弱，从她昂贵的铂金包里掏出一个同样的零钱包。

“小美，这个零钱包还是你送给我们的呢，你怎么不用？”希汶看着小美空空的两手，问道。

“她神经那么大条，身上连纸巾都没有，还指望她带零钱包？”还没等小美回答，Kimmy 便撇嘴说，“哦，对了，说到礼物，我差点忘了，噔噔噔噔……”

Kimmy 从包里掏出两个系着白丝带的 Tiffany（蒂芙尼）小蓝盒递给希汶和小美。

两人迫不及待地打开，是两条一模一样的手链。

“呀，真漂亮。”希汶雀跃地叫道。

“当然，这叫闺蜜手链，戴上之后有福同享有难同当，你们看，我的已经戴着了。”

Kimmy 露出纤细的手腕，在两人面前晃了晃，精致的链子映着清晨的阳光，发出耀眼的光芒。

“快，帮我也戴上。”希汶伸出手。Kimmy 仔细地帮她戴好，又转向小美，问：

“你呢？要不要我帮你戴？”

“三个人戴一样的手链，好土哦。”小美总以为自己能把一脸嫌弃状演得逼真到位，幸亏另两位懒得拆穿，“不过就戴这么一会儿还是可以的。”

说罢，她大方地伸出手。

Kimmy 笑笑，也帮小美戴好。

三人抬着手腕，仔细端详了一会儿各自手上的链子，都觉得很满意。

“快快快，赶紧许愿吧，分发零钱。”希汶回过神，像一只快乐的小麻雀，叽叽喳喳地分着硬币。

“好，那我先来帮小美许个愿，希望她 32A 变 36D。”Kimmy 率先跑到池边，丢了一枚硬币冲着水池喊道。

“你才是 32A！我要当一个成功的导演！”小美也跑过去，丢进一枚硬币，格外认真地说。

“不行，你应该说要当一个又成功又能赚钱的导演才对。”Kimmy 纠正她。

“我希望林杰这辈子只爱我一个！”希汶最后一个跑过来，抛出硬币大声喊道。

“每次都是这个愿望，烦不烦啊？”小美皱了皱眉头。

“当然不烦。”希汶有点不好意思地昂起头反驳。

“不如我帮你许个新鲜的啊。”Kimmy 一把抢过希汶手中的硬币，抛向天空，大声说，“希望林杰这辈子只能对希汶有高潮。”

小美也抢过一枚抛出去。

“希望林杰对其他女人永远不举！”

“林杰持久力越来越强！”Kimmy 紧跟着喊。

“不用太久，四十五分钟就可以了。”希汶也笑着喊道。

“希望有一百个帅哥同时爱上小美，让她每天都酒池肉林，欲罢不能！”Kimmy 拍拍小美的肩膀，“再不享受男人你就要绝经啦。”

“去你的！”小美笑着推了 Kimmy 一把，接着跟希汶互看一眼，两人脸上都露出“狡诈”的神情。

“希望 Kimmy 出入平安，不要被情敌寻仇。”小美喊道。

“希望 Kimmy 遇到的所有男人都干干净净。”希汶也很配合地跟着说。

“什么意思？”Kimmy不解地看着希汶问。

希汶调皮地一笑，又抛了一枚硬币，大声说：“就是没有性病的意思。”

“去你的！”Kimmy笑了，“希望我爸身体健康，比我更长命。”

“看不出你还这么孝顺。”

“我只是不想接手他的生意而已。”

“我没愿望了，许愿这东西不能贪心，不然就不灵了。”小美说。

“我也想不出了，哦，最后一个愿望，虽然这是既定的事实。”Kimmy一边说一边扔了一枚钱币到池子里，“我要成为这世上最美的女人。”

“不要脸。”小美的标志性白眼终于出现。

“我们难得来这儿，总得把这些硬币用光吧。”希汶捧着剩下的一把硬币对两人说。

“简单，给我。”Kimmy说着，顺手接过希汶手里的硬币，用尽全身力气抛向空中，“希望我们三个人永远在一起，永远像今天这么开心，希望所有的愿望全都灵验！”

硬币洋洋洒洒地落进池中，溅起一片片微弱而柔美的水花。

太阳已经完全出来了，阳光穿过水面照在池底散落的硬币上，泛着晶莹明亮的光。

也许这就是最好的年华了吧。

在对的时间，身边站着对的人，做着荒诞却又让人喜悦的事情。

哪怕只是片刻，也足够了。

起码在那一瞬间，所有人，都想到了永远。

# Chapter 2

# 心死了？没关系，我们用爱让它重生

## ___ 1.

有时候想想，人类其实是很愚蠢的动物。

他们总是把自己深藏于内心的愿望和欲望寄托于那些转瞬即逝的东西。

流星、彩虹、烟花，或者寺庙里那一束束用来焚烧的香。

即便是丢进池中的硬币，也可能在第二个清晨被保洁老大爷一一捡走给孙子买零食。

不过，想来自己的愿望最后化作孩子嘴里含着的一块糖，也算是另一种意义上的功德圆满吧。

每个女孩心里都装着一场梦幻般的婚礼。

如果你看过了试图说笑逗乐其实一直在讲冷笑话的司仪，看过了声泪俱下其实无比做作的在场来宾，看过了俗气过长的流程把 Vera Wang（知名婚纱品牌）的婚纱都衬成城乡接合部制服。

心里还能充满气球玫瑰香槟蜡烛以及无数粉红色的梦幻泡泡。

那么恭喜你，你是个内心强大的女孩。

希汶就是这样的女孩，无论参加了多少场荒谬的婚礼，她始终都对自己和林杰的那一场怀揣梦想和希望。

在那些日子里，Kimmy 和小美陪着希汶逛遍了大街小巷所有的婚纱店，也没有选到合适的。

“你到底想怎样？我腿都快断了。”三人坐在街边的一家快餐店里，Kimmy 脱下她 10 厘米的高跟鞋，心疼地看着自己那双被鞋子挤得伤痕累累的脚。

“对不起嘛，我一辈子就结一次婚，总要选到合适的啊。”希汶硬是把“不好意思”这种情绪说出了理直气壮的感觉。

“有好几件都很美好不好？”

“可是都太贵了，就算是租，一天的租金也能买一件便宜点的婚纱，太不划算了，而且那是我一辈子的纪念，我还想一直留着呢。可是便宜的又不好看，一生只有这一次，总不能穿着遗憾走红毯吧。”希汶嘟囔着，一副确实很伤脑筋的样子。

“啊！你真是纠结死了！”Kimmy 崩溃地晃了晃脑袋，“所以说人就必须要有钱，有钱的第一个好处就是想买什么买什么，省得啰唆。”

“好啦，婚纱再慢慢看吧。对了希汶，你不是说今天让我们挑选伴郎吗？赶紧赶紧。”小美做迫不及待状。

“哦，对。”希汶从包里拿出 iPad，递给小美和 Kimmy。

两人接过来，火速进入挑选状态，迅速把挑婚纱无果的正事抛诸脑后。

iPad 上的男人各个穿着紧身背心，在阳光下摆着随意的 pose（姿势），看起来很是喜人。

“这是我让林杰专门给你们收集的照片。”希汶说，但是两人根本听不进去。

“这个好，你看他胸肌多大，要两只手才能抓得住。”Kimmy 两眼闪着亮光，盯着 iPad 屏幕指手画脚地说。

“这个太大了！”小美发出惊叹，“涂上绿色就是绿巨人浩克了，我觉得这个身形好，钢条型，性感。”

“不然这个吧，鼻子大。”Kimmy 又指着另外一个对小美说。

“鼻子大又怎样？”

“鼻子大，那里就大啊。”

“真的假的？那这个岂不是很小？”小美指着一个鼻子小巧精致的男人的照片说。

“可他长得好。”

“你们俩有完没完？”看着俩人你一言我一语地讨论着，一旁被冷落的希汶不高兴地说，“到底选哪个？”

“这个！”小美和 Kimmy 异口同声，同时指向一个人。

两人互看一眼，觉得成为彼此的闺蜜真是天作之合，于是兴奋地击掌。

“我就知道你会选这个。”Kimmy 得意地说。

“果然了解我。”

“那是，都这么多年了，你那点小肚鸡肠。”

“不好意思，就这个不行。”希汶脸上写满了“不容置疑”四个大字。

“为什么？已婚？”小美狐疑地看着希汶问。

“离异？”Kimmy 说完，又想了想，“离异也没关系，我们不挑。”

“不是，因为他曾经追过林杰。”希汶面带神圣而充满光辉的笑容，将一盆冷水狠狠泼在两人头上。

小美和 Kimmy 一脸惊讶，持续了片刻后，Kimmy 惋惜地说：

“林杰真是错失了一个好男人。”

“滚啦。”希汶笑着推了 Kimmy 一把，指着 iPad 上的另一个男人问小美，“小美，这个好不好？是会计师，刚失恋，正脆弱呢。”

“会计师很闷吧，而且走数学路线。”小美一脸高冷的嫌弃状。

“那你等一下再慢慢挑吧，先帮我看看网上这几家婚纱店。”希汶一边说着，一边扒拉着手机上淘宝，“我最喜欢这一家店，可是它好像太贵了，这一家比较便宜，但用的料子好像不太好。”

“婚纱这东西，想找到物美价廉的是很难的。”小美把头凑过去，跟希汶一起看。

“唉，关键时候，还是要本公主出马。”Kimmy 拿过希汶的手机，按了几下，又还给希汶说，“这家店你看看怎么样。”

“哇，这家的婚纱都好美啊，不过这也太贵了。”希汶眼中闪烁的星光在看到价格后，略略有些不甘心地暗淡下来。

“这家店的老板正好是我朋友，我试试看能不能给你打个折。”

“真的啊？哎哟，我们 Kimmy 最棒了。那正好，林杰的礼服也在这里挑吧。”

“好啊。”

“那也要记得打折哦。”希汶急忙提醒道。

“知道啦，就你那点不占便宜就是吃亏的小心眼儿，我办事你放心就是了。”

“那就交给你啦，我先去上个厕所。”

啊，这一天，真是顺利得一马平川！

希汶起身，心里念着用法根本不对的成语，像只雀跃的小鹿般蹦跶着走了。

Kimmy 拿出手机翻着通讯录，小美觉得有点无聊，四处张望着。

窗外满眼都是出双入对的情侣，小美看得有些心烦。

其实，谁又不想谈一场风花雪月的恋爱呢？只是那个对的人迟迟不出现罢了。

真想诅咒这些甜蜜的情侣，愿他们都被第三者插足。

小美愤恨地想，但接着又使劲儿摇了摇头，以此驱赶自己邪恶的念头。

当她回过神来的时候，正好看见一对恩爱的情侣从外面走进来。

女的小巧玲珑，扎着利落的马尾，看起来可爱极了。

而男的，那男的，不是林杰又是谁呢？

你瞧，其实有时候，人的愿望也不是那么难实现的，比如刚刚那一刻，小美的愿望。

只是也许当愿望真正实现的时候，你才会发现，你宁肯做过去那个只是在希冀着的自己。

## 2.

“不会这么灵验吧？”小美一边自言自语，一边用胳膊碰了碰旁边还在看手机的 Kimmy。

被打断的 Kimmy 不耐烦地抬起头，看看小美，又顺着小美的目光看过去。

娇小女挽着林杰的手臂，两人正亲密无间地站在柜台前点餐。

林杰偶尔转过脸来看看她，眼睛里满是疼惜。

而这份脉脉温情，此刻在 Kimmy 和小美眼中，只有惹人恶心的份儿。

“他妈的！” Kimmy 的火气噌一下就上来了，起身就要冲过去的架势。

“坐下！” 小美拽住 Kimmy，把她按在座位上，“你先别这么冲动，搞清楚再说。”

“这还不够清楚啊？难道要等他们俩现场做爱才算清楚？你看林杰那个样子……”

“嘘。”小美示意 Kimmy 闭嘴，用眼神示意她。

是上完厕所的小鹿又蹦跶着回来了。

“你们俩怎么了，怎么看起来怪怪的？” 希汶察觉到不对劲儿。

“没事。”

小美看了一眼 Kimmy，以最轻的幅度摇了摇头。

“不会是在说我坏话吧？”

“哪会啊，你哪有坏话值得我们说。”小美故作轻松地笑笑，“对了，林杰需要几套礼服？你打电话跟他确认一下吧。”

“可是他现在好像在开会。”希汶打开手机看了看时间，“我不想打扰他。”

“打打看嘛，说不定已经开完了。”Kimmy 着急地催促道。

“哦……”希汶拿起手机拨电话，一边狐疑地看着不对劲儿的两个人。

电话通了，希汶的声音立马转为娇羞状：“喂，没有啦，我只是想问问你会穿几套礼服，Kimmy 她……哦，好，那你先去忙吧，晚上再说。”

不远处的林杰小心翼翼地挂了电话，抱歉地看着坐在他对面的女生，顺手给她理了理额前的碎发。

“都跟你们说了他在开会的。”希汶抱怨道。

Kimmy 再也忍不住了，她嘴角微微一挑，露出一丝嘲讽的笑。

接着她站起身，拽着希汶大步走向林杰，没能拦住的小美也慌乱地跟在身后。

“你问他到底在跟谁开会。”

Kimmy 甩开希汶的手，气势汹汹地站在林杰和娇小女面前。

此时林杰的嘴正半张着，准备迎接娇小女递过来的蛋糕。

看着眼前这甜甜蜜蜜的一幕，希汶傻了，脑子里像被一道惊雷狠狠劈过。

她内心最神圣的那座宫殿在这一瞬间轰然坍塌。

而这里面装着的，是她对林杰的爱、信任，以及无数太美好的回忆。

如今，她原以为的命中注定的男主角，亲自踩烂了它。

林杰也傻了，他缓缓地闭上嘴，一时不知道该说些什么。

几个人就这样对峙着，时间仿佛凝固了一样，希汶觉得自己甚至能听见他们彼此心跳的声音。

“嘿，这么巧？”林杰先开口说，脸上挂着尴尬的笑，“给你们介绍啊，这个是我同事贝贝，我们刚开完会……”

“林杰，说谎也要先打好草稿，找好时机，看好脸色，刚开完会？你是当我们都瞎了是不是？”Kimmy 转向贝贝，“你知道他是有未婚妻的吗？你知道他很快就要结婚了吗？”

贝贝低着头没吭声，大概是被 Kimmy 的气场给吓着了，她悄悄地往林杰背后挪了挪。

“你躲什么？那是你该躲的地方吗？”贝贝的动作为 Kimmy 的怒火又狠狠地浇了一桶油。

Kimmy 往前走了几步，试图伸手把贝贝拽过来，却被林杰挡住了。

“Kimmy 你不要发疯，我跟贝贝真的只是同事……”

林杰话还没说完，左脸就被打了一拳。

几人向挥拳的方向看去，小美正攥着拳头，怒视着林杰。

Kimmy 向小美投射了一个“打得好”的眼神，正想上去补踹一脚，却被贝贝拦住了。

Kimmy 的心情不爽极了，几次想动手都被拦住，索性一不做二不休，用尽力气推了贝贝一把。

可谁知道这娇小的女生此刻就跟钉在地上的木桩一样，屹立不动。

“妈的。”Kimmy 低声骂道。

“你们不要打他，要打就打我，是我不对，是我勾引他的。”

贝贝说着说着眼泪就下来了，仿佛一名完美的琼瑶剧女主角。

“你走开，不然我真的连你也打。”

还没等 Kimmy 开口讽刺，小美俨然已经摆出要再次攻击林杰的姿态了。

Kimmy 知道小美以前学过跆拳道、泰拳、搏击和武术。

但凡是和动手动脚有点关系的粗暴运动，小美都曾小有心得。

而且在她们三个人之中，小美一直都是力大无穷的主儿。

如果今天她要是真动起手来，林杰理亏是一，不打女人是二。

在这两条原则的支撑下，他肯定是不会还手的，那绝对是要被小美打得致残的。

如果希汶就此跟林杰分了手还好，要是她那点善心上来了，内疚了，说不定还要养这个废人一辈子呢。

想到这些，Kimmy 觉得自己真是太有智慧了，她决定要阻止小美动手。

“希汶，你怎么跟块木头一样？这是你的男人，你倒是抢啊。”Kimmy

又想佩服自己的反应速度了，全场只有她能意识到，该让傻在一旁的希汶成为战斗主力军。

希汶似乎听见有人在跟她说话，但她耳朵嗡嗡的，根本听不清说的是什么。

她试着想要回过神来，可眼前的一幕那么真实那么残忍，让她如何面对？

林杰还呆在那里，那张熟悉的脸，此时此刻为何那么陌生？

梳马尾的那个女生英勇决然地挡在他前面，毫无愧疚。

小美已经握紧了拳头，Kimmy 看起来非常恼火的样子。

怎么会这样，一切为什么会变成这样？

前一秒钟她不是还跟 Kimmy、小美欢快地看婚纱挑伴郎吗？

时间就像是被调拨到了快转模式，好像只是那么一眨眼的时间，这一切就毫无预兆地发生了。

希汶呆呆地站在那里，脑子里缓慢而仔细地回顾了一遍刚才发生的一切。

哦，我们在挑婚纱，Kimmy 和小美让我给林杰打电话，他在开会，但现在，他跟别人在一起了？

他，不要我了？

她的心终于开始痛起来，她觉得自己快要窒息了，她心里有个小人儿在不停地呼救。

我需要呼吸一点新鲜的空气才行，我要离开这里，现在，马上。

想到这里，她突然转过身，飞快地跑了出去。

“希汶！”林杰、小美和 Kimmy 一起叫她的名字。

林杰犹豫了片刻跟着追了出去。

贝贝看着林杰的背影，眼神有些落寞，这个细微的变化被敏感的小美察觉，她一个箭步冲上去，指着贝贝吼道：“你他妈这是什么眼神？那是他准备明媒正娶的太太，甩了你是你这个贱货活该。你现在抢别人的男人，有没有想过有一天你的男人也可能被别的女人抢？！”

“赶紧走吧，跟她啰嗦什么。”

Kimmy 心里也惦记着希汶，上前抓住小美，生拉硬拽地把不情愿离开现场的她拖走了。

“我这是替天行道。”小美一边走一边还不肯罢休地说着。

“行个屁道，贱人自有天收，赶紧去找希汶吧。”

Kimmy 一刻都不放松地抓着小美的手，朝希汶和林杰离开的方向跑去。

不知道自己到底跑了多久，希汶累了，再也无法继续跑下去。

她的脚步渐渐缓慢了下来，最后停在一片停车场里。

林杰追上来，小美和 Kimmy 也气喘吁吁地停下，弯着腰大口喘着粗气。

两个女生都知道要给当事人空间，巧妙地保持着安全的距离，时刻准备见势不妙就冲上去。

“希汶……”林杰慢慢地靠过去，试探性地抓了抓希汶的手，却被粗暴地甩开了。

“别碰我！我不会原谅你的，我也不想听你解释。”希汶转身大声向林杰吼道，眼睛死死盯着他，充满了恨。

“我没有想要解释。”林杰竟然有些坚定地说，“没错，你看到的都是真的，我爱贝贝，对不起。”

这个世界静下来了。希汶不可思议地望着林杰，好像他刚刚说的是，他有外星血统。

林杰仿佛狠了狠心，眼睛却湿了：“希汶，也许我们的感情，在一开始就是错的。你其实一直都不是我喜欢的那一类女生，也许是我太自私了，太沉溺在你对我的好里不能自拔。本来我以为这样跟你过一辈子也挺好，可是我没想到，我会遇到贝贝……我其实一直想跟你坦白的……但每次看到你为了筹备婚礼兴高采烈的样子，我真的说不出口……”

希汶感觉有一只手一寸一寸地扼住了自己的喉咙，连呼吸都开始变得无比困难，她看着林杰一张一合的薄唇，感觉脑袋渐渐被抽空了。

刚刚还在疼的心，挨了致命的一击，终于彻底死掉了。

原本在奔跑的过程里准备好的无赖哭闹甚至以死相逼的戏码用不上了。

此时的她，只是惊讶地睁大了眼睛。

看着眼前这个既熟悉又陌生的人，这个她爱了整整六年的人。

离她越来越远，越来越远。

不远处的小美和 Kimmy 也愣住了。

小美再次想要冲过去，却被 Kimmy 拦住，Kimmy 悄悄地对她说：“事已至此，打他也没有用，让希汶自己做个了结吧，她需要一个自己的了断。好姐妹，只需要在她受伤后陪她，借给她一个肩膀。”

听 Kimmy 这么说，小美紧绷的身体放松下来，疼惜地看着站在那里身子已经有些颤抖的希汶。

希汶输了，输得一败涂地，也许这场不对等的感情从一开始，她就注定是那个输家。

这么多年，这么多年她倾其所有，不为别的，就为了林杰能踏实地陪在她身边到老到死。

可时至今日，他竟然如此残忍地说他爱上了别人，竟然要离她而去。

她的灵魂突然升到了半空中狠狠地瞪着自己。她多想看到，自己为了自保，已经丢盔弃甲落荒而逃，而不是像现在这样，为了求一个等不来的悔改而暴尸于林杰冷漠锋利的目光下，面目全非。

“希汶，我们分……”沉默了一阵子，林杰又开口说。

这一下把飘在半空中的希汶拽了下来，狠狠地砸在地上。又多了一处让她头破血流的致命伤，叠在原来的伤口上。

“你闭嘴！”希汶打断林杰即将说出口的话，一字一顿里满是前所未有的凌厉决绝，“林杰你听着，我们分手吧。我们完了，我把你甩了！你失去我了，永远地失去我了，再也不会有人对你这么好了。从此以后我们再也没有任何关系，我祝你不幸福，祝你每一个噩梦里都有我的影子！”

说完，希汶用尽全身力气给了他一个耳光。

这个耳光甩得清脆有力，声音之响亮甚至震响了旁边几辆车子的报警器。

希汶透过模糊的泪眼再次看了一眼林杰，继而转身跑出了停车场。

小美和 Kimmy 也赶紧跟着追出去。

偌大的停车场只剩下林杰孤单地站在那里。

一声霹雳。

乌云密布的天空，终于下起雨来，仿佛谁的眼泪在飞。

在爱情的世界里，希汶输了，可林杰赢了吗？

这一场悲壮的战役，没有输赢。

他们都把对方丢了。

那些美好，再也回不来了。

## 3.

失恋是一件蕴含了无限可能的事情。

有些人因此一蹶不振，变成行尸走肉。

而有些人从此独立坚强，变成了更好的自己。

总要经历过那么几次刻骨铭心的失恋，人才能真正成长。

在这个漫长难熬的过程中，我们总会无数次回忆起往日种种，眼睁睁地看着那些曾经让我们以为这就是永远的片段，在时间的碾磨中变成一个个真实的谎言。

总会好起来的。

可是，你得熬。

熬过这些对往日的否定、对爱的失望、对未来的放弃，你才能遇到下一次的爱。

话虽如此，可是谈何容易？

希汶目光呆滞地瘫坐在 Kimmy 家的阳台上，与林杰那些浓情蜜意的过往时光像一张张旧照片在她脑海里缓慢闪过。

每一张照片都是一个故事，每一个故事都像一支锐利的箭射中她的心脏。

还在上大学时的一个情人节，木讷的林杰送给希汶一大袋生活用品，没收到花的希汶或多或少有点郁闷，林杰说：

“这都是你这几天说准备要买但是一直没来得及买的东西，我给你买好了，你看看还缺什么。”

希汶象征性地扒拉了一下塑料袋，却在一堆东西中间看见一枝快被挤得枯萎的玫瑰花。

她兴奋地拿出来在林杰眼前晃了晃，以为这是林杰给她准备的小惊喜，没想到林杰不好意思地挠挠头说：

“哎呀，买东西的时候超市送的，我都忘了。”

那年希汶生日，正好赶上林杰出差，跟闺蜜们庆祝完生日独自回家的希汶，意外发现家门口地上有一个巨大的礼物盒，还没等她伸手打开，林杰噌的一声就从里面蹦了出来。

“生日快乐！”

“这么俗气的梗（此处指搞笑手段）你也用。”

“俗气但是很浪漫啊，我就是最好的礼物。”

“不要脸。”

希汶一边说一边幸福地笑了，她一把抱住林杰突然又哭了，她说自己又老了一岁好难过，她还说她觉得好感动，从来没有收到过这么好的礼物。

林杰温柔地抚摸着她柔软的头发，告诉她，以后她会收到更好的礼物，他还说：“而且在我心里，你永远都是十八岁啊。”

还有那一年的平安夜，林杰当着所有人的面毫无预兆地向她求婚，他单膝跪地手捧戒指目光深情地对希汶说：

“嫁给我吧，我再也不会遇见像你这么好的人，我再也不会像爱你一样去爱别人。”

那一刻的希汶又哭了，在爱情里的她，是多么容易流泪啊。

她觉得自己的生命至此真的足够了，她得到了她最想要的人，她身边都是她爱的人，她何德何能。

这一幕幕闪着光辉的回忆，如今仔细回想起来，竟是那么讽刺。

我再也不会像爱你一样去爱别人。

亲爱的林杰，我好傻，我原本以为这会是真的。

希汶的眼泪又毫无征兆地流了下来。

不远处，小美和 Kimmy 披头散发地坐在沙发上，无奈地看着阳台上边发呆边流泪的希汶，她的眼神很空洞，像一个坏掉的玩具。

“希汶，很晚了，我们回房间吧，外面这么凉，会生病的。” Kimmy 走到希汶身边。还是一样，无论跟她说什么都像沉石入海，只听得厚重的一声响，之后便是无止境的沉默。“你别这样好不好，你知不知道我跟小美都很担心你，说真的，林杰有什么好值得你伤心的，我从头到尾都觉得他配不上你。”

希汶还是不说话，眼神失焦地看着远方。

“我没办法了。”

Kimmy 朝屋里的小美摊了摊手，顺着阳台的墙壁在希汶的身边坐了下来。

小美手臂上搭着一条毯子走出来，动作轻柔地给希汶披上，帮希汶整理了一下头发，也靠着两个人坐了下来：

“希汶，我可以保证，你一定会遇到更好的，因为林杰已经是最坏最坏的了，不会再有人比他坏，你要相信你的未来是美好的才行。”

“啧，你怎么这么说话呀？”Kimmy 推了小美一把，责怪道。

“本来就是嘛。”

小美也不再说什么了，三个人就这样在阳台上并肩坐着，看着雨后群星璀璨的夜空，各自发着漫长的呆。

希汶明明坐在她们中间，却像是被绑上了块巨石，直坠湖底。有时候都分不清她到底是那个失去意识还企图挣扎的人，还是那块一心想要沉底的石头。

“我也不知道该说什么好，你知道我不会安慰人的。”Kimmy 看着天空，轻声说，“平时我难过的时候，都是你们来安慰我。希汶，大哭也好，再去打他一顿也好，喝个烂醉也好，不管你想怎样，我们都会陪着你，因为无论发生什么事情，我跟小美永远都在你身边陪着你。”

“是啊，男人没有了，你还有我们嘛。希汶，我只允许你颓废一小阵子，时间会抚平一切伤害，冲淡一切悲伤，之后你要重新做人，你要笑得比以前更大声，你要比以前更幸福，知道吗？你放心吧，不管这条路有多艰难，我跟 Kimmy 都会在你身边。我们之间，永远不会有‘离开’‘背叛’这样的字眼。”小美紧紧抓着希汶的手，仿佛希望能够把自己的生机分给她。

“唉，看来你今天是不打算开口说话也不打算动弹了。”Kimmy 看了一眼身边的希汶，希汶还维持着刚才的姿势和表情，于是她叹了口气，站起来拍拍屁股进了屋，不一会儿工夫，她抱着一大摞被子和枕头晃晃悠悠地出来了。

小美起身接过来，跟她一起铺好，把希汶抬到被子上，也一起躺了下来。

已经是秋天了，空气里带着些许凉意。

小美贴心地帮希汶塞好被子，又看了看躺在她身边的 Kimmy，轻轻地笑了。

如果永远和幸福这件事情有定义。

那此时此刻的画面太值得被记录下来作为范本。

不需要任何语言和动作，只要三个人，安静地陪在彼此身边。

仿佛全世界。

## ___ 4.

周一的清晨，走廊上。

Kimmy 推着一辆轮椅，踩着高跟鞋如履平地般地奔跑着穿过办公室。

轮椅上面无表情的希汶，几次险些被颠下来。

Kimmy 做最后冲刺状冲到会议室门口，一个急刹车停下来。

希汶顺着惯性向前倒下，还好被 Kimmy 及时扶住。

她帮希汶调整了一个舒服的坐姿，又整理了一下衣服和头发，抬手看了看表，还差一分钟，总算是赶上了。

“Yes（耶）！我果然无所不能。”Kimmy 握紧拳头，低声夸奖了自己一句，气场十足地推开了会议室的门。

“不好意思，我来晚了。”她客气地向大家点了点头，优雅地在位子上坐下来，“我们开始吧。”

Kimmy 环视四周，见大家都用莫明其妙的眼神盯着坐在轮椅上靠着 Kimmy 的希汶。

“哦，这是我朋友，刚失恋变傻了。不用管她，我们先开会。公司这次二十周年纪念活动有多重要就不用我再多说了。Mike，出席的嘉宾现在确定了的有哪些？”

不管 Kimmy 私下里有多么不靠谱，职场上的她都是雷厉风行见鬼杀鬼的一把好手。

她不喜欢说太多废话，开会总是干净利落地直奔主题。

“大部分被邀请的嘉宾，都已经确定出席我们的酒会，当中有李安、刘嘉玲、姚晨、彭于晏……”叫 Mike 的同事认真地汇报着。

“那个 artist（艺术家）九天呢？回复了没有？”

“还没有，因为他要为音乐会做准备，所以不知道时间上能不能配合得到。”

“尽力去安排，毕竟如果九天出现，对我们的品牌形象有好处，能更加 artistic（风雅）一点。得到答复后马上通知我。”

“好的。”

“哦，最后我再重申一件事，必须要准确记下当晚每位嘉宾要穿的鞋子，确保不会出现撞款的情况。”

同事们纷纷点点头，在记事本上飞速地写着。

Kimmy 的电话响了，她低头看了一眼，迅速接起来：

“我知道了，你叫司机在停车场等我，我很快就下来。还有，把文件都放在车上，我上车再看。”Kimmy 挂断电话，转头对在场的同事说，“没什么问题了吧？那好，今天的会就开到这儿吧，有什么问题你们随时给我打……”

Kimmy 话还没说完，电话就又响了，她接起来停顿了一会儿，对着电话吼道：

“什么？找不到停车位？你不会停在伤残车位吗？拜托，我朋友坐轮椅的好嘛！”

挂断电话，Kimmy 才发现几个同事都讶异地看着她，比刚才看见希汶时的眼神还要犀利，她意识到自己刚才没控制好，原形毕露了。

唉，职场女王还真是不好当。Kimmy心里忍不住想。

她迅速稳固了一下自己的表情，扭过脸压低声音很严肃地说了句：“散会。”然后推着希汶，火速逃离了现场。

那段日子里，为了照顾希汶，小美也搬进了Kimmy家。

每天希汶不是跟着Kimmy在公司到处跑，就是被小美安置在片场的某个角落。

两个人就像希汶的监护人一样，每天轮流看守她、照顾她。

她目睹了Kimmy职场上的强势霸道，也看到了她约会时的风情万种；见识了小美在片场的八面玲珑，也看过了她收工后电池耗尽般的疲惫。

原来每个人都有这么多不同样子啊，希汶想，其实林杰也一样，只是那天自己刚好撞见了他的另一个样子罢了。

希汶大概会永远记得，在她失恋又失语的那段日子里，小美和Kimmy给予她的另类的治愈和陪伴。

有几次，她都很想开口对她们说一声谢谢，却发现自己根本没有力气发出声音。

她太累了，真的是太累了。

她对林杰的爱几乎耗尽了她所有气力。

现在这份爱不见了，她的世界崩塌了。

她对这个世界，忽然失语了。

这段感情她用了足足六年去维系，而摧毁它，却只用了六分钟。

还能相信些什么呢？

有时候，希汶甚至有些后悔，她想如果要是那天她没有跟闺蜜们去那家餐厅，就不会碰见林杰，也就不会看见他和贝贝，那么当下的自己也许还会是那个兴奋地准备婚礼的希汶吧。

可是这场骗局如果那天不被揭穿，又会持续多久呢？

希汶不敢再继续往下想……

“哎，小美，你好歹也是个导演，天马行空有没有，想想办法好不好？”Kimmy 梳着道姑头，随便扒了几口泡面，含糊不清地说，“我在公司好歹也是个有头有脸的，现在那些同事整天看着我跟看神奇宝贝似的，颜面何存啊？而且你知道吗，”Kimmy 趴在小美的耳边神秘兮兮地说，“这两周以来，我连做爱都没有高潮。”

“你恶不恶心？亏你还能吃得下饭。”

“你试试就知道了。”Kimmy 嘟了嘟嘴，继续吃着泡面。

“我这几天也是一样……”

“你也做爱？”

“滚。我是说工作，我这几天做访问都不知道自己在问什么。今天在片场，希汶突然就哭了，都没办法收音。”小美想了想，“我以前看过一部老电影，里面说女主角被强暴之后惊吓过度失忆了。而她的爱人为了帮她找回记忆，就又一次上演了强暴她的戏码。因为再次受到同样的刺激，记忆竟然恢复了。”

“所以呢？”Kimmy 不解，一头雾水地问。

“所以这是一种很好的办法呀，刺激疗法。”

“你不是要找人强暴希汶吧？”

“你有病吧。”小美拍了 Kimmy 一掌，“我是说我们可以用爱去刺激她、感动她。”

“你这想法跟那部电影完全没有关系的呀。一个粗暴一个温柔，完全是两码事。按照你的理论，我们应该再找林杰甩她一回才对。”

说到“林杰”两个字的时候，Kimmy 刻意压低了一下声音。

“创作这东西，你懂什么？再说怎么没有关系，男主角也是因为爱女主角才出此下策的。”

“打住，我看你也是想出下策吧？”Kimmy 有种不祥的预感。

“正解，我觉得我们每个人都可以为她做出一点牺牲。”

“什么牺牲？”Kimmy 警觉地问。

“还在想。”

Kimmy 撇撇嘴，仰头喝下最后一口泡面汤，一脸的心满意足。

客厅里，小美正认真地看着电视里播放的一部老电影，那电影之前她跟希汶、Kimmy 一起看过一次。

当时，电影里面千回百转肝肠寸断的爱情，让希汶和 Kimmy 两人抱在一起哭得一塌糊涂。

可小美哭不出来，每次看爱情片的时候，小美都哭不出来。

大概是自己真的还不懂爱情吧，这真是件可悲的事情，看来是时候谈一场恋爱了，小美想。

卧室里的希汶已经睡着了，Kimmy 轻轻地走进去，帮她盖好被子，沿着床边坐下来。

“你要快点好起来才行。”Kimmy 看着希汶，声音轻柔地说。

Kimmy 走后，希汶慢慢睁开眼睛，一滴眼泪从眼角滑落下来，打在干净的枕头上，立刻洇成一颗巨大的圆点。

希汶的嘴唇动了动，她没有发出声音，却仿佛清晰地听见了自己说的那几个字：

“我爱你们。”

夜越来越深了。

窗外暖黄色的街灯透过窗帘的缝隙照进来，满墙都是细碎的斑驳。

这片温馨的小世界，就在这样一句未说出口的“我爱你们”中，缓缓地沉睡过去。

## ___ 5.

这个世界上，除了 Kimmy 的爸妈，似乎就再也没有几个人见过她素颜的样子了。

Kimmy 从懂事起，就知道自己的资本在哪儿。

无论她走到哪儿，始终都会伴随着一片窸窸窣窣的夸赞声。

对此，她一直尽量保持着“胜不骄”的好心态。

然而，美的道路对她来讲是没有止境的。

没有最美，只有更美。

有一年，她一位化妆技术出神入化的大表姐来她家做客，一时兴起，硬要把她化成芭比娃娃。

化完之后，小 Kimmy 看着镜中的自己，刹那间对化妆品起了相见恨晚之心。

从那之后，便再也没有人见过 Kimmy 原本的样子。

那年，她才小学五年级，不允许化妆的校规自此成为耳边风。

“给你一支睫毛膏，你就可以改变整个世界。”这是小美为 Kimmy 的生活所下的定义。

不过每次小美这样说，Kimmy 都会动真格地跳脚，大鸣不平：

“你把眼线笔放在什么位置？还有粉底液、粉饼、腮红、唇彩、假睫毛，难道它们就不能改变世界吗？”

化妆品就是 Kimmy 人生道路上的良伴，少了谁她都会伤心欲绝。

“如果你妈妈跟化妆品同时掉到水里了，你会救谁？”希汶曾经问 Kimmy。

“当然是我妈，化妆品还可以再买。”

“不，就是永远掉进水里了，淹死之后这世上就再也没有睫毛膏了。”希汶强调说。

“你太无聊，我妈会游泳。”

这是一个天朗气清的周末上午，闹市区人潮涌动。

小美和 Kimmy 带着希汶再次来到那家满是小孩叽叽喳喳的蘑菇餐厅。

Kimmy 的行为举止有点诡异，一直偷偷摸摸地四处张望，小美则表情凝重，行动略显迟缓。

原本小美是提议去上次见到林杰的那家餐厅，却被 Kimmy 毅然拒绝了，她说还是蘑菇餐厅好，都是小孩，看不懂，不管我做了什么，都是他们眼里美丽的大姐姐。

“是阿姨！”如果有“泼 Kimmy 冷水竞赛”存在，小美应该是当之无愧的头号种子选手。

“滚。”

周末的蘑菇餐厅人特别多，当她们推着希汶走进去的时候，几乎全部的家长都向她们投射来异样的眼光。

“我不行了，我腿软了。”Kimmy 一只手扶着希汶的轮椅，以便支撑自己不顺势倒下去，她看了看小美，也是一脸严肃和苍白，“你确定要这么做吗？”

“嗯！”小美郑重地点了点头，“为了希汶，豁出去了。”

Kimmy 无奈，左不对右不是，跟自己别扭着，最终挑了一朵蘑菇坐了下来。

她拿出一支笔，顺手在餐厅的纸巾上画了两条歪歪扭扭的线条。

“希汶你看，”她把纸巾摆在希汶眼前说，“这一条线是我们当初预期的你的情况，而这一条，是你现在实际的情况，如你所见，情势每况愈下。”

“我们当初太低估你的战斗力了，现在向你道歉。”小美认真地说，然后微微弯了弯腰做鞠躬状，“所以呢，我们决定做最后一击，希望你能快点好起来，放过我，还有 Kimmy。”

小美说罢，Kimmy 朝天空挥了挥手，一个穿着很童趣的服务生蹦跳着走过来，手里还端着一盘七成熟的牛排。

服务生扮演的是七个小矮人中的绿矮人，他站在三人面前摇摆着圆滚滚的假肚皮，把牛排放在桌子中间，然后俏皮地问：

“请问，还有什么需要的吗？可以随时召唤矮人们哦。我是绿矮人……”

自我介绍刚进行到一半，绿矮人就对上了小美那双锐利到几乎要射出飞镖的眼睛，然后他悻悻地闭了嘴，一边小声嘟囔着什么一边晃晃悠悠地离开了。

“希汶，我已经吃素吃了二十年了，你知道的对吗？”

小美望向希汶的双眼，牛排的热气缓缓升腾，模糊了她和希汶之间的视线。

“但是今天为了你，也为了我跟Kimmy能从此过上幸福正常安定团结的日子，我今天就在你面前，在你面前哦，真真实实地把这块牛排吃掉……”

说罢，她深吸了一口气，把盘子挪到自己面前，小心翼翼地切下一大块肉，叉起来，在希汶面前使劲儿晃了晃。

“你看，我要吃咯，是不是很感动呢？如果你觉得很感动，就阻止我……呵呵呵……但是你放心，即使你阻止我我也要吃，因为什么你知道吗，希汶？因为我把你当成这个世上最好的姐妹！”

“你能不能别磨叽了，废话怎么那么多啊。”Kimmy沉不住气地说。

小美盯着那块诱人的牛肉，深深地吸了一口气，大口把肉含进了嘴里，那姿态堪比英雄英勇就义般决绝。

小美故作轻松地咀嚼着，一股浓重的血腥味冲上她的喉头，原本舒缓的表情渐渐凝重，紧接着变得扭曲起来。

对面轮椅上的希汶紧紧地盯着小美，脸部肌肉不自觉地一跳一跳地抽动着。

“有反应有反应，继续继续。”

Kimmy 一边说着，一边又切了一块肉，硬生生塞进小美嘴里。

“你也赶紧的吧。”一阵阵犯恶心，眼泪终于夺眶而出，小美艰难地咀嚼着，同时还不忘催促 Kimmy。要死一起死，先死没意思，小美当时就是这么想的。

过了半分钟，Kimmy 开始缓缓地自言自语：

“算了，该来的总会来，我原本以为，一直到我死的时候，即便是遗体告别，棺材里的我也是化着妆的……”她把头转向希汶，“希汶，我从五年级开始，就跟化妆品成了相依为命的好朋友。说句你们不爱听的，它们跟我在一起的时间比你们和我在一起的时间还要长，感情也比跟你们的要深厚。可是我爱你，所以今天为了能让你康复，我决定在光天化日之下，献出我昂贵而英勇的第一次。”

Kimmy 从包里郑重其事地拿出一瓶贝德玛卸妆水和一袋卸妆棉。

“你知道这对我来说牺牲有多大吗？如果我这样做了你还是没能好起来，那老娘做鬼也不会放过你的！”

听着她的语气，从温柔逐渐演变成咬牙切齿。

旁边吃牛排吃到几乎仙逝的小美不禁打了个寒战，有些担心地看了看希汶。

Kimmy 站起身来来回回舒展了几下筋骨，又慢慢坐下，猝不及防地，嗖的一下把假睫毛拔掉了，由于用力过猛，Kimmy 疼得皱了皱眉头。

接着她将卸妆水倒在化妆棉上，仔细地、一点一点地擦着脸上的妆。

唇彩、睫毛膏全都花掉了，此时 Kimmy 的脸就像一个调色盘，五彩斑斓得仿佛车祸现场。

周围带孩子的家长全都惊呆了，连孩子也不顾了，纷纷停下来看起了热闹。

小美嘴里还含着那块难以下咽的牛肉，也看得目瞪口呆。

眼前的 Kimmy 就跟打了鸡血一样，飞速地卸着脸上昂贵的胭脂水粉。

“够了！”终于，一个熟悉的声音像炎热夏天里的一阵滚滚天雷，给其余两人带来天将降雨的希望，“别再擦了，我都快认不出你来了。”

小美和 Kimmy 激动得快要哭了，她们目光热切地看着开口说话的希汶。

“小美，你也别吃了，好好的肉，被你吃成那个痛苦的样子，简直是暴殄天物。”希汶说着，把小美面前的牛排端过来，饿狼吞食般吃起来。

小美兴奋得握了握 Kimmy 的手，扭过脸来跟她对看，却被 Kimmy 的样子吓得浑身一哆嗦。

“等我一下。”Kimmy 觉得自尊受到了严重打击，猛然站起身拿着包离开了座位，等她再出来时，妆容完美精致，自信再次回到了她身上。

“动作够快的呀。”小美说。

“当然，练了这么多年了，要是奥运会有这个项目，我都能拿金牌为国争光了。”Kimmy 得意地说。

希汶吃下最后一口牛排，问：“我这样已经多久了？”

“加上今天，刚好半个月。”

Kimmy 说着，还不忘拿起刚才画的曲线图，在希汶眼前晃了晃。

“对不起啊，给你们添了不少麻烦吧？”希汶有点愧疚地低下头。

“你自己不知道啊？你这半个月的记忆是空白的吗？”失语又失忆？Kimmy 以为自己凭着极佳的反应能力，又率先掌握了希汶的“病情”新动向。

“啧，怎么说话呢。”小美用胳膊撞了她一下，示意让她闭嘴，然后换上深情的笑脸对希汶说，“只要你能好起来，怎样都无所谓。”

“其实这段时间，我想了很多。之前确实是有太多的不对劲儿，大概只是我不愿面对和承认罢了。到我们遇见林杰那天，他其实已经半年没有碰过我了。”

希汶幽幽的眼神穿过透明的玻璃窗飘向远方，嘴角浮起一丝惨淡的笑。

“算了，希汶，这种人渣你何必还记挂着？”小美说。

“总要给我点时间嘛。”希汶故作轻松地一笑，“毕竟也是六年的感情，当初也是深深爱过的，怎么可能说放就放呢？更何况……我现在还爱他……”

希汶的眼泪涌上来，她赶紧低头擦掉。

“爱个屁，这种人渣值得你爱吗？你惦记那六年，可人家觉得那是浪费时间，觉得跟现在的小贱人相见恨晚呢。”

Kimmy 拍案而起，怒其不争，这突如其来的平地一声吼，吓坏了不少在场的小朋友。

“嚷嚷什么呀你？”小美觉得丢人，遮住脸小声责备着，“不过，希汶，换个角度想想，林杰也算给你做了个表率，能让你轻松忘掉旧爱的最好方法就是赶紧找个新欢。”

“这个说法我喜欢。”Kimmy 拍手称赞道，她赶紧从包里拿出 iPad，翻出一堆照片递给希汶，“你看你看，这是这半个月里我帮你收集的俊男。全都是我精挑细选的，身高齐刷刷地在一米八以上，腹肌都不少于六块，屁股蛋统统翘得可以放上一只马克杯。你挑挑，看看你喜欢哪个，下周末我帮你约出来，我们去KTV狂欢。”

“不要。”希汶把脸撇到一边，冷冷地回绝道，“我以后都不想再谈恋爱了。”

“你以前也说过同样的话，结果怎么样，还不是没有最好只有更好？”小美说，“答应吧，你折磨了我们这么久，这次就当陪我们去玩，好不好？”

希汶没答应，也没有拒绝，眼神又一次飘远。

这世上没有什么人是放不下的，人走茶凉，没有谁一定要等着谁，一切终归是要结束的，不是吗？

可是为什么，只要想到林杰，心还是会是被锉刀来回锉着扯着般疼？希汶想。

对于常人，心念旧爱，当是长夜最难将息。可对于希汶，渡不过的，是每日清晨的情劫。

灼灼烈日下，希汶的情绪都被烤干，仅存的理智维系着她的运作，远观Kimmy纵横捭阖、小美八面玲珑，她这样劝慰自己：“她们没有男人，也过得这么好。”

其实没有多难，不出一个白天，就没那么想念他了，遇事只有一句“没有林杰，也可以”。

她总是不醒，强迫自己不睁眼，试图再度深深入眠。否则，就要面对城堡崩塌、露宿荒野的现实。

恨不能颠倒，梦与现实，昨日今朝，只消倒转半程，便能落得一世安好。

看着希汶的样子，Kimmy 想再说点什么，却被小美阻止了。

小美冲 Kimmy 轻轻地摇摇头，意思是“随她去吧，总会好的”。

“不过她算是答应了，对吗？”Kimmy 趴在小美耳边小声问。

这次小美点了点头。

两人都笑了，偷偷摸摸地朝彼此摆了个“胜利”的手势。

# Chapter 3

# 离开旧爱，像坐慢车，挥别错的才能跟对的相逢

## ___ 1.

在空荡荡的 KTV 大包间里，形单影只的希汶显得格外渺小。

一直以来，希汶都是一个在人群中没什么存在感的人，在音乐的世界里，尤甚。

以前，不管是同学、朋友还是公司同事的聚会，只要一进 KTV，希汶就会迅速找个最角落最昏暗的位子把自己隐藏起来，恨不得就此变成隐形人。

她像怕蟑螂一样怕唱歌，因为她知道自己是个五音不全的主儿。

上小学那会儿，学校组织合唱比赛，希汶因为在班里形象算是出众的，所以被安排到第一排中间的位置。

当时的她兴奋得好几晚都睡不着，默默对自己说：我一定要好好表现，要大声唱，要成为最耀眼的人。

小希汶是这样想的，她也确实这样做了。

第一次试唱时，她扯着嗓子闭着眼睛，完全沉醉在自己的歌声里。

唱到一半她突然停下来，才发现教室里此刻正呈现出鸦雀无声的状态。

小希汶小心翼翼地看了看周围的同学，紧接着，他们爆发出一阵震耳欲聋的哄笑声。

后来，希汶被老师决绝地踢出了合唱队伍。

再后来，因为希汶回家后的痛哭，希汶妈妈问清楚后出面找了老师，于是希汶重新回到了合唱队伍里。

但在让她回去之前，老师在办公室语重心长地对她说：

“希汶，你是个听话懂事的孩子，听老师的话，你只张嘴别出声就可以了。”

这场遭遇，无疑在希汶幼小的心灵上抹上了乌黑的一笔。

从那之后，她便再也没有在人前开口唱过歌。

可此时的希汶正一手拿着一瓶已经喝掉一半的酒，一手拿着麦克风，独自一人在包间里，非常深情地演绎着一首知名苦情歌曲《新不了情》。

“回忆过去，痛苦的相思忘不了，为何你还来拨动我心跳……爱你怎么能了……今夜的你应该明了，缘难了，情难了……回忆过去……”

她唱得缠绵悱恻沁人心脾，唱得站在门口的服务生忍不住整齐地张大嘴巴，互相交换着错综复杂的眼神。

眼神里包含了太多意思，大概总结一下有——“我实在受不了了！”“我们要不要叫保安？”“我的天哪！”

可是希汶看不见，她也不在乎。

她正专心享受放声唱歌的时刻，也正借着酒精再次在回忆里沦陷到不可自拔。

一首歌唱到尾声，希汶瘫在沙发上，电话响了一声，她拿起来看看，是一个叫“美少女战士”的微信群。

这样厚颜无耻的群名，自然是 Kimmy 取的。

“今晚八点钟 KTV 见，不要迟到哦，我的小战士们。”

隔着电话，希汶都能想象出 Kimmy 那张神经兮兮的脸。

她拿起瓶子豪迈地喝了一口酒，拨通了 Kimmy 的电话，新的一首歌前奏响起，电话也刚好接通，希汶赶紧对着电话说了句：

“我已经到了！你们加速！”

“堵车啦，大小姐，很快到。”Kimmy 嚷嚷。

前奏结束，歌词出现，希汶顺手把手机扔在沙发上，再次唱了起来。

“又站在你家的门口，我们重复沉默，这样子单方面的守候，还能多久……终于你开口向我诉说她有多温柔，虽然你还握着我的手，但我已不在你心中……我真的懂……”

那头还没来得及挂电话的 Kimmy 正巧听见了这惊天地泣鬼神的歌声，吓得差点把手机扔出去。

从那之后，Kimmy 再也没有带希汶去过 KTV。

很久之后有一次，小美提议三姐妹一起去唱一次歌，当希汶坐在点歌器前时，Kimmy 走上前语重心长地对她说：

“希汶，我看还是算了吧。”

“为什么？”

“别吓着小美。”

一首又一首的苦情歌唱罢，希汶也已经喝光了一整瓶红酒。

她昏昏沉沉地躺在沙发上，再也没有力气唱了。

她和林杰点点滴滴的回忆，在她放肆歌唱的时候又一次强奸了她伤痕累累的心，眼泪顺着眼角汹涌地流出来，不受控制。

好累，真的太累了，控制自己不去想念林杰的日子真的是让她身心俱疲。

怎么能接受这样一个人从自己的世界里消失？

大液晶屏幕上重新开始播放《新不了情》，万芳的声音细腻得让人心疼。

“曾经拥有，天荒地老，已不见你，暮暮与朝朝。

“这一份情永远难了，愿来生还能再度拥抱，爱一个人如何厮守到老，怎样面对一切我不知道……”

每一句都像一把尖锐的刀，深深插进希汶的心脏里，剜出一个刚刚好能塞得下林杰的深坑。

她的眼泪越流越凶，最后她干脆大声地哭起来，在巨大的音乐声的保护下声嘶力竭到肝肠寸断。

希汶拿起手机，拨通了那个她再熟悉不过的号码，电话接通，她哭着对电话那头的人喊道：

“林杰！你这个天杀的王八蛋、贱男人！我恨你，我恨死你了！我会好好活着，因为我要看着你死得很惨，看着你被爱的人劈腿，让你知道我的感觉！你不会有好下场！”

这是失恋后最没有风度最损人不利己的办法，可希汶还是这么做了。

反正已经回不去了，还需要什么风度呢？希汶想，这种鱼死网破的感觉，让她有种莫名的爽意。

挂断电话，情绪波动过大的她感到一阵恶心，跌跌撞撞地冲出了包间。

在卫生间抱着马桶一阵豪迈地呕吐之后，希汶对着镜子认真地整理了一下自己。

透过镜子，她看见自己哭得红肿的双眼下面，挂着硕大的黑眼圈，脸色苍白而憔悴。

“你是谁？林杰看到你这样子，还会认识你吗？”希汶自言自语地说。

她就像经历了战火与厮杀的一座孤城，如今只剩下满目的疮痍与狼狈。

她的头还是晕晕的，只好扶着墙往包间走去。

包间门口，希汶深吸了一口气，扯了扯嘴角，机械地弯出一个自以为完美的弧度，打开了门。

包间里已经坐满了人，大多数都是面容陌生的男子。

希汶眯起眼睛扫了一圈，觉得质量还不错，有点默默佩服起 Kimmy 收集男人的能力了。

“嘿，你们都到啦？ Nice to meet you, guys.（很高兴见到你们，小伙子们。）”

希汶摇晃着身子伪装热情，跟一屋子的人打了个招呼。

大家礼貌性地摆了摆手，继续各玩各的。

希汶倒也不在意，找了个角落的位子坐下，顺手拿了一瓶酒往一只空杯子里哆哆嗦嗦地倒酒。

她实在是醉得太厉害了，大部分酒都洒了出来，希汶猛地一闪，怕酒洒到身上。

但一下子动作太大，差点碰翻了杯子。

还好坐在她身边的一个男人眼疾手快地伸出手，稳稳地扶住了酒杯。

“好身手！”希汶笑嘻嘻地看着他说。

“你没事吧？”

“没——事——”希汶拖着长长的尾音语气夸张地说，“我好得很，来来，咱们喝一杯。我干杯，你随意。”希汶端起一杯酒递给他。

“你休息一下吧，你好像已经喝了很多酒。”

男人接过杯子，重新放回到桌面上。

希汶醉眼蒙眬地看着眼前这个男人，他的样子看起来很斯文，戴了一副宅男版黑框眼镜，皮肤白白嫩嫩的，细长的胳膊和腿写满了“弱不禁风”四个大字，像极了当初她第一次见到的林杰的样子。

“你不像是 Kimmy 会收集的款型呢。”希汶趴在男人的耳边大声说。

“什么？”音乐声太大，他还是没听清楚。

“没什么，你叫什么名字啊？”

“乔立。”

“哦，乔立，我们一起唱歌吧。”

“好呀，我对我的歌声可是特别有信心。”

乔立笑了，露出一排洁白整齐的牙齿。

“那我们唱《新不了情》。”

希汶说着，递给乔立一只麦克风，拉着他往场子正中间走去。

## 2.

音乐声响起，乔立很有腔调地摆出一个很帅的 pose，气势十足。

紧接着，他毫无压力地张开口，嚎出一阵天雷滚滚震慑九霄的大走音。

听见乔立的歌声，希汶惊呆了。

她睁大眼睛看着他，条件反射般接上了他的歌声。

乔立听到希汶的应和，向她望过来，刚好迎上她的眼神。

四目相对，光华流转，情绪万千。

这错综复杂的眼神是属于走音者们的，带着一种相见恨晚的惺惺相惜，有种他乡遇故人的感激涕零。

一看两人都来自相同的世界，那就更没有什么好藏着掖着的了。

带着酒意的希汶，和原本也不觉得尴尬的乔立，声嘶力竭地走着音，折磨着在场每一个人脆弱的耳朵。

众人一边捂着耳朵一边抱团窝在沙发里笑得花枝乱颤，场子的气氛越来越热。

曲终，希汶和乔立牵着手做了一个歌剧谢幕的动作，完全忽视众人大喊“安可（再来一个）”的热情，笑着回到座位上。

玩 high 了的希汶拿起一瓶酒，跟在座的每一个人干杯，一杯接一杯地喝着。

“谢谢，谢谢你们的到来，我实在是太开心了，我已经太久没有像今天这么开心了。”

喝完瓶底的最后一口酒，希汶回到座位上，乔立有点担心也有些佩服地看着她。

“啧啧，酒量这么好，有练过？”

“高兴，我高兴嘛。你可别误会，我可是良家妇女。”希汶眯着眼睛，整个人不由自主地醉倒在乔立的大腿上，瞬间不省人事。

乔立有点不知所措地把双手举得老高，避嫌功夫做得十足。

如果希汶能看到，定要赞他一句真绅士。

这样的男生，如果没有女朋友在场，即便是假装出来的，也值得加十分。

“欸，不好意思，hello？”乔立拿起麦，对着现场的人喊了几句，大家安静下来看着他，他略不好意思地指了指腿上的希汶，“她醉了，你们谁送她回家？”

“她不是你的朋友吗？”一个男生的声音响起。

“嗯？”乔立一头雾水地看了看大家，音乐重新响起，包间里又恢复了喧闹，没有人再理会乔立和躺在他腿上的这位醉鬼。

此时，另外一个包间里，一群肌肉男正百无聊赖地坐在沙发上，没有音乐，也没有人喝酒，有种局要垮的前兆。

Kimmy和小美一脸担心地坐在一旁，手里正拿着希汶的手机，手机屏幕上是一条短信，内容是：

“你没事吧？你在哪儿？要不要我过去找你？”

短信的发件人，是林杰。

Kimmy的脸色越来越臭，众帅哥和小美都看得毛骨悚然起来，没有人敢出声。

“这个傻瓜希汶。”Kimmy 小声地嘟囔着，字字都是狠狠咬在齿间的，接着，她站起身朝帅哥们挥挥手说，“散了吧，都散了吧，出了点意外，咱们改天再聚。”

Kimmy 话音刚落，一屋子男人像是得到了特赦令一般，纷纷作鸟兽散，马不停蹄地离开了这个气氛诡异的地方。

包间再次安静了，只剩下两个女生。

“怎么办啊？”小美小心翼翼地问 Kimmy。

“你问我？我问谁去啊？”Kimmy 怒吼着，噌的一下站起身，“找！找不到就回家，不管那个白痴了，我真是哀其不幸怒其不争！”

说罢，她踩着高跟鞋气急败坏地冲出了 KTV。

## 3.

希汶躺在乔立的腿上，睡了深沉而又漫长的一觉。

她甚至做了一个甜美的梦，梦里她穿着洁白的婚纱，一步一步地踏过红毯，走向在另一头等着她的林杰。

梦里的林杰穿着剪裁合身的白色西装，像个从童话中走出来的王子。

希汶一步一步地走过去，却发现自己与林杰的距离一直没有缩短过。

她加快了脚步，却依然无果。

她索性奔跑起来，使劲儿伸出手去，希望能拉住林杰。

可是，眼睁睁地，她越努力，林杰却越来越远，最后竟消失在一片旷野之中。

气球没了，红毯没了，装饰用的白玫瑰也瞬间凋谢了。

四周变得空旷而荒凉，只剩下孤零零的穿着婚纱的希汶手足无措地站在原地。

就像一个太过巨大而受不住压力的肥皂泡，这个梦就在这一刻，砰的一下破了。

“啊……”希汶一下子醒了过来，“这是哪儿啊？”

她按了按生疼的头，KTV 包间里的人早已散去，只剩下乔立和希汶俩人。

“你醒了？”

听见旁边男人的声音，希汶一下子站起来，警觉地看着乔立。

“你谁啊？你怎么会在这儿？”

即使遭遇了一场彻头彻尾的情变，希汶依然是一名新时代的贞妇。

“我是乔立。”乔立有些呆萌。

“谁？”

“其实我也不知道该怎么说，简单点形容的话，就是你喝醉了，然后错进了我们的房间，后来你就玩 high 了，再后来你就醉倒了。”

希汶一边仍不放弃用狐疑的目光盯着乔立，一边小碎步挪到门口迅速打开门看了看房间号码。就在看到门牌号的那一瞬间，希汶的目光不由自主地被钉在上面，接着慢慢浮现出满脸的羞愧和悔恨。

“不好意思啊，我也不知道怎么会走错了。那个，不然今天我来请客好了……”

希汶说完想要找钱，却突然想起自己的包和手机全都放在另外一个房间里，她有些不好意思地低下头。想到自己刚刚一副十字坡上孙二娘的架势，就恨不得自抽三千个耳光以谢天下。

而希汶这种复杂的感情俨然并不被乔立所知。在他眼中，只有这个女生醉后初醒的茫然与手足无措。

“不用了，账早就结啦。今天我生日，怎么能让别人请客。”乔立很识相地摆摆手，给了身无分文的希汶一个完美的台阶下。

“好吧，那谢谢你了。”

希汶还是满头满脑的不好意思，但也没再废话，总不能以身相许吧。

她起身，有一点点不稳，乔立扶住她。

“我送你回房间。”他的声音，很温暖。

对方掌心的温度猝不及防地降临，希汶感受到那种隔着衣料传来的暖，有一刹那的恍然。

原来房间里的冷气这么大啊，她想，还真有些冷。

“啊！这两个没义气的女人，找不到我竟然还拿了我的手机钱包撤了。”

面对着空荡荡的房间，希汶一脸尴尬，暗自腹诽了两个小贱人三万句后，只得转头对乔立说，“那个……你能再借我几十块钱吗？我得打车回家。”

面对她身边唯一的救命稻草，希汶只能选择厚颜无耻到底。

何必在乎自己在他心里是不是完美，再说刚才自己醉成那样，糗肯定也出够了。

“我送你回去吧，现在三更半夜的，你一个女孩子不安全。”乔立笑着说，他的笑容，总是带着一种暖洋洋的神采，像是藏着光。

“啊，这怎么好，太麻烦你了。”希汶有些犹豫，毕竟这是一个完全陌生的男人。

乔立也不瞎，马上看出了希汶脸上的意思。

“你放心，我不是坏人，我要想对你不轨，刚才你大醉的时候就什么都干了。”他一手指天，认真地解释，末了还故作豪迈地“哈哈”笑了两声。

“我没有不放心你的意思啦，是真的觉得不好意思，初次见面就超级糗的。”希汶挠挠头，脸上也不由自主有了笑，“那就麻烦你咯。”

希汶和乔立一前一后从 KTV 出来，外面不知什么时候下起了细密的雨，天气有些微凉。

深夜的闹市区一片安宁，偶尔有过往的车辆，明亮的车灯照亮希汶的脸，紧接着又暗下来，只剩下街灯照出的一路昏黄。

路上的出租车破天荒地少，偶尔过去一辆，也是载着客人的。

人在倒霉的时候，真是诸事不宜。

“Fuck（妈的）！”第五辆出租车经过依然未停的时候，希汶忍不住低声骂了句脏话。

一旁的乔立有点惊讶地看了她一眼，希汶无所谓地撇了撇嘴，解释说：“其实我平常不是一个这么豪迈放纵的人。”

“那你一定是受了不小的刺激？”乔立笑着问。

“嗯，至少比这场雨要大得多。”

仿佛受到了某种感召，希汶刚说完，雨就很配合地下得更大了一些。原本就穿着单薄的希汶不禁打了个寒战。

“妈的，真是倒霉透了。”希汶再次咬牙切齿。

“你这叫料事如神。”乔立笑着安慰道，接着脱下自己的外套，给希汶披在身上。

“不用，我不冷，你穿着吧。”希汶轻声拒绝。

“别死撑了，瞧你冷的，鼻涕都出来了。”

乔立脸上依然带着好看的笑容，帮希汶把外套裹紧。

希汶有些不好意思，用袖口擦了擦鼻涕，样子有些狼狈。

乔立伸手过去，从穿在希汶身上的衣服口袋里拿出一包纸巾递给她。

希汶接过来，缓慢地擦着，纸巾上带着一股熟悉的花香，再次勾起她一段段遥远的回忆。

这是林杰一直用着的纸巾牌子，林杰说这花香就像她身上的味道，每次闻到的时候，都觉得特别温暖踏实。

“就像是你在我身边一样。”

那时，林杰紧紧地搂着希汶，对她这样说。

时过境迁，物是人非，也许她真的就像纸巾一样，用过了，被随手卷成一团，然后被绝情地丢在某个角落。

回忆潮水般涌来，一阵从外套传来的温暖瞬间浸透了希汶的全身。

身体里的酒精开始发挥作用。

林杰，那么那么多的过去，你叫我该如何忘记你?

若不是你离我而去，今时今日的我，何以至此。

流落在街头，被陌生人搭救。

希汶再也忍不住了，在午夜下着雨的街边，抽泣起来。

雨声滴答，仿佛也在怜惜着她。

“你怎么了?你别哭啊。”一旁的乔立手足无措地看着她，一瞬间甚至怀疑是自己外套的问题。

“我难过，我特别难过。”希汶大声地哭喊着，整个城市的上空仿佛都飘满了她的声音。

乔立伸出有些犹豫的手，拍拍她的肩：“如果你愿意，有什么不开心的或许可以告诉我，说出来也许心里会好受一点的。”

“你为什么对我那么好啊？没想到在我最难过的时候，对我最好的竟然是一个陌生人。”说完这话，希汶觉得自己此刻分外悲凉，眼泪不由自主地流得更快了。

“我们刚刚在 KTV 已经认识了啊，同为走音国的人，怎么能算是陌生人呢。要知道，身为一个还不赖的男生，我可不是对每个人都这么 nice（和善）的。”

乔立试图逗希汶笑，只是手段确实不怎么高明。

“你根本不认识我，但竟然愿意陪我唱歌，同我淋雨，陪我等车，借我外套，给我纸巾擦鼻涕，还没有在我睡着时占我便宜。你人怎么会这么好，这世界上，不可能有这么好的男生的，你是不是 gay（同性恋），哇……”

希汶的哭声越来越大，从起初的回忆林杰，再到同情自己，所有的情绪在这一刻都随着眼泪喷涌出来，任凭乔立怎么劝也劝不好。

一辆巡逻的警车正从远处缓缓驶来，乔立有点慌。

自己今晚本来是活雷锋一个，出钱出力又不计较回报的那一款。可如果希汶再这么哭下去，被警察以为他调戏民女可如何是好？

看着依然张着嘴号啕大哭的希汶，乔立索性把心一横，用手捂住希汶的嘴巴，把她硬生生地压在了墙上。

“不许哭了！”乔立低声对希汶说，语气严肃而温柔。

希汶被这突如其来的举动给吓蒙了，她立刻停止了哭声，睁大眼睛看着近在咫尺的乔立，大气都不敢喘。

警车从他们身后缓慢开过，乔立放开手，故作轻松地笑着说：“还是这招管用，你不哭了。”

“你手好咸。”为了不让气氛太尴尬，希汶故意皱起眉头，擦了擦嘴，心跳却不由自主地开始加速。

“对不起嘛，电视剧里男主角一般都是用亲……”乔立话说到一半，有些不好意思，赶紧岔开话题，“还有哦，你的世界观需要被拯救一下了，这世界上，并不是只有 gay 才会对女生这么好的哦，偶尔也会出现我这样的新好男人。”

乔立俏皮地眯起眼睛，嘴角微微上扬，仿佛十分受用刚刚的这番自夸。而此时此刻的希汶，觉得自己的脸颊都要着火了，还好夜黑风高，没有人看见她涨红的脸。

刚才四目交接的瞬间，一直在希汶的脑海里重播着。

每演一次，都让她的心脏几乎爆掉。

终于，一辆出租车仿佛恩赐般停了下来。

两人尴尬地上了车，却都有些不知该说些什么好。

还好很快，这一份静默，变得让他们都觉得很舒服。

尴尬弥漫着，渐渐蒸腾散去。

外面是淅沥的雨声，整个城市，仿佛都在这个雨夜睡着了。

全世界，如同只剩下两个人。

狭小的车厢后座，有他们彼此身上的味道，细密而妥帖地交织在一起，把心烘得很暖。

出租车飞驰在空旷的街道上，远处的天边已经渐渐亮起来。

希汶将车窗打开一道细细的缝，一阵清凉的风即刻灌了进来。

有绿叶植物的香气，还有些许花香。

她扯了扯身上乔立的外套，试着把自己包裹得更紧一些。

“愿在天亮时，一切都会好起来。”

希汶迎着风轻轻地闭上眼睛，默默对自己说。

## —— 4.

在像无头苍蝇一样开着车找了希汶四小时后，Kimmy 和小美终于放弃了继续全城搜寻的计划。

她们决定回家守株待兔。

刚一进门，两人就像两块解冻的年糕一样，软绵绵地瘫在了沙发上。

这一夜，实在是太折腾。

Kimmy 昏着脑子，条件反射般拿起电话拨出去，被她们带回来的希汶的手机嘀嘀嗒嗒地响起来。

“妈的。”Kimmy 狠狠骂了一句，用力把自己的手机丢了出去，正好落在客厅那张巨大的龙猫床上。

“还知道往软和的东西上丢，说明智商没变低。”小美还想一如既往地吐槽 Kimmy，但声音中也无可奈何地透着明显的虚脱感。

“废话。也不知道希汶那个小贱人跑到哪里去了，真是急死人了，一会儿她要回来看我怎么收拾她。”Kimmy 摆出一张恶婆婆准备虐待小媳妇的脸，用力跺了一下脚，像是要以此来震断自己 10 厘米的高跟鞋。

“我们到 KTV 的时候，看现场的样子，希汶八成是喝醉了，你说不会出什么事吧？”小美突然生出了一丝警觉，噌的一下从沙发上坐起来。

“别胡说，乌鸦嘴。”

Kimmy 的话音刚落，门铃就响了。

两人不约而同地从沙发上弹起冲向门口，Kimmy 丑恶的嘴脸已经就位，时刻准备着臭骂希汶。

“你他妈的跑到哪里去了？你他妈知不知道……”一打开门，Kimmy

和小美这两门连珠炮就立刻开始对希汶进行毫不留情的重磅轰炸。

但炸弹只扔了一颗，她们就看到了希汶身后一脸茫然的乔立，于是被迫卡在原地，不能动弹。

希汶和乔立大概是被刚才 Kimmy 的气势吓着了，张着嘴半天无言。

小美和 Kimmy 对眼前这个陌生男人的来头十分不解。

四个人就这样站在原地，陷入一阵漫长而尴尬的沉默。

在这个沉默的过程中，他们各自开始沉浸在自己的世界里思考问题。

这是希汶的朋友吧？长得挺漂亮可是还真凶，这样对比起来，希汶还真算是温柔到极致了。

希汶你可以啊，翅膀硬了，竟然学会跟男人外出过夜了，没想到成色还行，孺子可教。

这男的谁啊？他到底对希汶做了什么？看起来挺斯文的，应该不是什么坏人吧。

完了，肯定抵不住这两个三八严刑逼供，待会儿我得想想办法让她们闭嘴才行。

若是放在影视剧里，四人来回切换的内心 OS（独白），一定是个狗血却无比搞笑的画面。

“嘿。”一段冗长的时间过后，Kimmy 终于沉不住气了，她侧了侧身子绕过希汶，向站在后面的乔立挥了挥手。

“嘿。”乔立也腼腆地挥了挥手，慌忙介绍自己，“我是乔……”

“好了，我到家了。”还没等他把名字说完，就被希汶打断了，说得越多，她们知道得越多，是非就越多，这是希汶跟两个三八在一起这么多年总结出的最到位的一条经验，“谢谢你送我回来，你也早点回去休息吧，拜拜。”

希汶一边往屋里走，一边拿出她拒绝推销员的架势，着急地跟乔立告别。Kimmy 仍不罢休地伸长脖子打量乔立。

“这就走啦？不进来坐坐吗？这么晚还让你送这熊孩子回来，不好意思啊，谢谢你啊。欸，有空来玩啊……”

乔立礼貌地点着头后退了几步，待到希汶强硬地把门完全关上，他转过身，脚步飞快地离开了，有点落荒而逃的意思。

三个人进到屋里，Kimmy 和小美眼神暧昧地齐刷刷地看着希汶，嘴角带着一丝诡异的笑。

“说说吧，那是谁啊？”小美问。

“不认识。”希汶冷淡地回答，这也是对付三八的秘法之一。

“不认识？不认识人家还送你回来？你不会一整晚都跟他混在一起吧？你可不是这样的孩子，你可不能学坏，你是好女孩……”希汶忙着换鞋脱衣服，小美寸步不离地紧跟在希汶的屁股后面聒噪着。

“我倒觉得那男的不错，符合希汶一贯的口味。”比起小美，见惯了男人的 Kimmy 要冷静许多。

“是吗，我看他样子也不像是坏人，但是人不可貌相，不要刚出狼穴又入虎口……”小美说到这儿，突然意识到自己似乎触碰到了某个天涯沦落人的伤口，于是猛然刹住了车。

“整体看起来不错，但是有待进一步观察。嗯，你说得没错，这世上衣冠禽兽的男人太多了。”Kimmy 显然也想到了这一点。但她的重点在于，如果再来一个林杰，老娘就为姐妹杀尽天下渣男。

“你们俩有完没完？”准备洗澡的希汶脱得一丝不挂从房间走出来，打断了正聊八卦聊得起劲儿的两个人，“这事改天再说好吗？今天先让我洗个澡好好睡个觉。”说完，希汶转身走进了浴室，完全不顾张大嘴做惊讶状的两个人。

“哇，平时没仔细看，原来希汶胸部那么小！”

“是啊，是啊，她还真是挤胸部的楷模……”

刚关上浴室的门，外面聒噪的八卦声又起，希汶无奈地叹了口气，打开水龙头。细密的水丝哗哗地落下来，隔绝了外面的一切声音。

她把头仰起来，任绵绵不绝的水在脸上拍打跳跃，再倾泻而下。这是希汶最喜欢的解压方式。

今晚承受的信息量太大了，她要好好静一静。

洗完澡，希汶回到房间，Kimmy 和小美已经睡下了，找了她一夜，两人也累坏了。

床头贴心地放着她丢在 KTV 的包包和手机，还放了一杯热好的牛奶。

希汶端起牛奶，一股温热穿过她的手心直奔心脏，少了林杰又怎样，在这世上还有这么多人在疼她爱她照顾她，这才是值得自己珍惜的人啊，希汶想。

她有点想哭，但想到今天自己已经哭过太多次了，于是使劲儿吸了吸鼻子，小手一挥，抹掉了快要流出来的眼泪。

窗外的风吹进来，窗帘轻轻地翻出一个弧度，却一点也没有平日里让她感觉鬼森森的样子。

希汶走到窗边，透过蒙着一层浅薄雾气的玻璃望出去。

整座城市裹在雨幕里，沉静地睡着，做着一个湿润的梦。

只有在这个时候，这些一贯坚硬冰冷的钢筋水泥，才难得有一丝柔情。

喝完牛奶，希汶觉得舒服多了，她拿起手机看了看，除了十几通来自 Kimmy 的未接来电，还有一条来自林杰的短信，看见发件人的姓名，希汶全身像是过了电一样僵硬。

“你没事吧？你在哪儿？要不要我过去找你？”

时间是希汶打电话骂过他之后。

记忆随着这条短信渐渐清晰起来，她想起自己怎样一个人混迹在 KTV 唱着难听的歌，怎样一个人喝光了一瓶红酒，怎样拨通了林杰的电话……一直到她走错房间之前的所有记忆，在这一刻都历历在目了起来，就连她当时骂林杰的那些话，都异常清晰。

希汶使劲儿晃了晃脑袋，愤恨地把手机扔到一边，动作夸张地扑到床上，懊恼加羞愧地打着滚。

酒精真是讨人厌的东西，总能让人做出各种事后恨不得一刀了结了自己的事情。

蒙着被子哼哼唧唧了一会儿，心中本来要熄掉的那团小火焰，有了死灰复燃的预兆，渐渐地，燎成了一片原野。

她又开始不争气地想林杰了，想他的温柔，想他的怀抱。

想得心中有股虚空的焦灼，想得自己沉溺在昨天里，仿佛一个溺水的孩子。

他还是关心我的，也许……也许我们还有机会。

希汶又重新拿起手机，咬着嘴唇写了几行字，又删掉，删了又写，最终心一横，还是按了发送键。

“你可不可以现在来找我，我很想见你。”

信息发送出去，变成一个生冷的绿色对话框。

希汶上床躺好，屋子里安静极了。

只有床头那个老式闹钟发出“嘀嘀嗒嗒”的响声，像是正用这样机械的声音提醒人们时间从未停止过转动，而你，依然活着。

是同意吗，还是拒绝，或是含糊不清的暧昧？她猜测着即将得到的答案，忐忑得仿佛回到了大学那年，等他来到自己楼下。

半小时过后，瞬间燎起的原野，烧尽了一切，渐渐冰冷。

希汶终于清楚地知道这是一条有去无回的短信。

她也清楚，自己这么做，只不过是想再给自己一次虚假的希望罢了。

这样也好，人如果没有了希望，那还要依靠什么继续活下去呢？

以前，希汶生活的理由一直都是林杰，可现在却只剩下这点点可悲的希望了。

远处的天空渐渐亮起来，路边的街灯一盏盏熄灭了。

希汶再次拿起手机，毫不犹豫地按下了关机键。

这个夜晚需要消化的事情太多了。

可此时此刻，她什么都不愿再去想，只想安静踏实地睡一觉。

也许一觉醒来后，她会惊喜地发现，原来一切都是被编织出来的一个巨大的梦境。

而现实中，林杰依然在，而她自己，也依然快乐。

仿佛不曾受过伤。

## ___ 5.

一直以来，小美和希汶都觉得 Kimmy 是个双重人格的人。

而她双重人格的最显著体现，就是在工作和男人上。

这一点只要通过接电话，你就能很清楚地了解到。

“说！”这明显是工作。

“喂，哈尼，是嘛，那一会儿见哦，想你哦，么么哒！”这肯定是男人打来的。

工作上，Kimmy从不怠慢，她时刻保持警惕，像一头随时会发飙的母狮。

在公司，你总能看见Kimmy因为一点小错误跟下属大发雷霆，也能看见她为了合同上的一个小细节寸步不让，同客户大动干戈。

她不怕得罪人，因为无数事实证明，Kimmy每次都是对的。

职场上，像Kimmy这样有如此强大自信的人，少之又少。

所以她的暴脾气，也间接地，为她在职场上立下了显赫战功。

虽然表面风光，可其实Kimmy一直都处在高压的工作环境下，脾气有多大，责任也就有多大。

她知道自己不能输，也没有机会输。

一旦输了，以她一路走来的作风，自然是墙倒众人推。

她太清楚了。

于是男人们，就略带无辜地成了她私下里，缓解压力最有效的一剂猛药。

这么多年来，Kimmy频繁地更换着身边的男友。

上至名流明星，下至天桥底下卖盗版光碟的帅气小贩。

这个城市，随处可见她的战利品。

她似乎从未对谁动过真情，可据她自己的说法，每一任都是真爱。

她喜欢穿梭在不同的男人之间，以一种百花丛中过、片叶不沾身的姿态。

在 Kimmy 眼中，男人就好像宠物店里的狗，可爱又讨人喜欢，但是她却从未想过带一只回家做伴。

在一起的时候，Kimmy 尽职尽责地扮演着小鸟依人的角色，让男人自信而兴奋地觉得自己就是她的主人。

激情一旦过去，她就成了说翻脸就翻脸的主儿。

真实位置瞬间置换。

有小部分男性足够幸运，让她觉得食之无味弃之可惜，于是得以以好友的身份留在身边继续暧昧着。

而其余的大部分，则像臭了的抹布一样，被她丢得远远的。

这些年来，无论是做狮子还是当小鸟，Kimmy 总能熟练掌握来去自如。

不过两个人格总有撞到一起的一天。

于是当工作和男人在某些特定条件下合为一体时，Kimmy 就会展现出前所未有的战斗力。

这种状态放在游戏里就是终极 boss，放在学校就是期末考试。

总之，她代表了一切可怕的东西。

想想看，狮子和鸟融为一体，那是怎样畸形的动物。

公司二十周年的纪念酒会，是这些天来 Kimmy 不眠不休忙碌的焦点。

除了公司一堆大小事务需要她处理之外，她还牺牲了睡觉的时间，频繁出入美容院、SPA 会所、奢侈品店和高档发型屋。

每天她都会以全新的造型和面貌出现在希汶和小美面前，然后妖娆地转个圈问：

"怎么样？美吗？"

小美和希汶每次惊讶完之后，都会丢给她一个大大的白眼。

不过 Kimmy 一点都不在乎被泼冷水，她是美给自己看的。

隔天，她仍然会以百折不挠的心态，把自己打扮成一只大型芭比娃娃出现在两个人面前。

"这就是我的生活态度，对待工作、男人和自己都同样认真。" Kimmy 穿着那套咬碎了牙心头滴着血买下来的 Valentino（华伦天奴，著名服装品牌）高级定制礼服，在屋子里一边漫无目的地转悠一边理直气壮地说。

"这次酒会上有你垂涎的人吧？" 小美不留情面地问。多年姐妹，Kimmy 的行事轨迹，她们早就摸得透透的，更何况，她这样上蹿下跳精力旺盛，仿佛蛰居了多年的女鬼一朝还魂。

"没错，九天！" Kimmy 毫不掩饰自己心中意淫已久的对象，一脸暧昧地以 45 度角仰望着天花板的水晶吊灯。

在这个圈内，频繁的人事更迭已是家常便饭，总是不断有一批人被淘汰出去，新的后起之秀雄霸天下。而九天，就是无论怎么大浪淘沙也淘不掉的那颗留在公众心中最耀眼的珍珠。而"九天"这个名字，就意味着音乐、才华，以及无数少女的春闺梦。

“九天品位有这么俗？”小美笑着开玩笑。

“没有男人不喜欢我这样的尤物。”Kimmy 气呼呼地说完，优雅地转身回房，巨大的裙摆飘飘扬扬的，留下一阵阵浓烈的香水味。

“哦，对了，”Kimmy 折回来对小美说，“这次酒会李安导演也会去，我给你弄了张邀请函，到时候介绍给你认识……”

小美刚想开口说什么，Kimmy 就打断她接着说：

“不用谢，你太客气了。还有，麻烦你到时候也优雅自持一点。别老打扮得一副走哪儿都能蹲下来要饭而且毫无违和感的样儿行吗？晚安。”

说罢，Kimmy 给了小美一个飞吻，转身像团雾一样消失在房间门口。

## 6.

纪念酒会如期而至，那天早晨，Kimmy 很早就出门了。

走之前，她还不忘对正躺在床上睡得昏天黑地的小美说：“六点我去片场接你，记得打扮哦。”

“絮叨死了，我凌晨四点才睡的！”

小美怪叫一声，丢过来一个枕头，但并没有砸中 Kimmy。

Kimmy 捡起来把它丢回到小美的头上，正中目标，她带着胜利的微笑在小美的咆哮声中离开了家。

六点一到，片场机房的走廊上，准时响起了一阵招牌式的高跟鞋敲击地板的声音。

接着就是 Kimmy 惊讶的叫喊声：

“你有没有搞错啊？你穿的这是什么东西？今晚丐帮要聚会吗？酒会七点就要开始了，你到底有脑没脑啊？”

正在一脸肃穆地剪片的小美冷静地看了一眼门口打扮得光彩照人的 Kimmy，淡淡地说：“先等我剪好这一段。”

“等你剪完这一段，那些电影名流都走光了。你知道我有多辛苦才把你加进邀请名单吗？你以为谁都有这么好的运气和机会呀？”Kimmy 有点不高兴。确实，她为了能帮小美得到这个机会，跑上跑下，笑得脸都僵得像打了太多肉霉素，甚至还强忍着恶心让一直垂涎于她的男上司色眯眯地摸了一下手也没有抽他。

“我其实，不太喜欢这种场合。”小美放下手中的鼠标，转身有点为难地对 Kimmy 说。

“不喜欢这种场合，你也不喜欢李安吗？到底想不想拍电影了！”

小美无话可说地耸了耸肩，只好妥协。

“我今天必须要把这一段剪完，不然这样，你先去，我忙完过去找你。”

Kimmy 恨铁不成钢地叹了口气，把邀请函用力拍在桌上，扭头准备离开。

走到门口她有些不放心，回过头来咬牙切齿地叮嘱道：

“别太晚！记得打扮，披上你最美的战衣！否则我会装作不认识你！”

高跟鞋敲击地板的声音渐行渐远，小美看着电脑屏幕上杂七杂八的素材，又看一眼桌上装帧精美的邀请函，微不可闻地叹了一口气。

装饰豪华的大厅里已经聚集了不少人，门口的记者们急切地按着快门。密密麻麻的闪光灯和尖叫声混杂在一起，伴随着每一位入场的嘉宾。

Kimmy 穿着华丽的晚礼服，跟一个穿着工作制服的人低语了几句随即飘走，混迹在人群中，焦急地东张西望着，时不时挂上完美的职业微笑，跟经过她身边的人礼貌寒暄。

在确定自己是今晚除了几个大牌明星外，全场最闪亮耀眼的女人之后，她稍稍松了口气，朝着刚才工作人员给她指的方向走去。

李安已经到了。她要开始打响人工推出小美的第一枪。

VIP 包间门口，站着几个高大威武的保镖。

每个人都标配着一张鼠标垫一样的扑克脸，目光呆滞，面无表情。

Kimmy 站在角落，把礼服的领口向下拉低了一些，露出傲人的事业线，若无其事地走过去，正要开门，却被走出来的李安的助理挡住了。

她一脸镇定，操着一口熟练的英文对从屋里出来的助理先生说：

“Hi, I’ m Kimmy.You’ re Ang Lee’ s assistant，right?”（嘿，我

是Kimmy。你是李安导演的助理，对吗？）

“I’ m his life producer.”男人很专业地纠正道。（我是他的生活制片人）

“Oh, I heard Ang Lee has arrived. I’ d like to meet him cause I have a very talented new director that I’ d like to introduce to him.”（“噢，听说李安导演已经到了，我能见他一面吗？因为我想向他推荐以为特别有才华的新人导演。”）

“You can ask the new director to come and see me.”（“你可以让这位新人导演先来见见我。”）

“Oh, but I really hope that they can meet.”（“哦，但我真心希望李安导演和她能有机会见一见。”）

“Maybe you can come back later.”（“或许你可以待会儿再来。”）

“Okay.”（“好的。”）

Kimmy有些沮丧地低着头，转身准备离开。

不过更让她沮丧的是，当她低下头看见自己深不见底的事业线，再看看那几个保镖依旧木然的脸时，一种挫败感突然从心底腾空而起，蔓延成一片烟雾笼罩了她。

“妈的。”

Kimmy低声骂了一句，只为自己不被待见的女性魅力。

上帝给你关上了一扇门，就一定会为你打开一扇窗。

当 Kimmy 垂头丧气地回到大厅时，骚动声四起，闪光灯闪成一片白茫茫的幕布，比之前任何一次都要来得强烈。

一时间，她非常自恋地受宠若惊起来，抬起头正要摆出妖娆的 pose，才发现所有人的目光都聚集在门口。

她顺着大家的目光看过去，来的不是别人，正是她蓄谋已久志在必得的猎物——九天。

九天穿着一身 Balenciaga（巴黎世家，著名服装品牌）最新款的皮革套装，在华丽的灯光下反射着耀眼的光芒，映衬着他那双摄人心魄的眼睛。

他冲记者和嘉宾们随意挥了挥手，嘴角轻轻上挑，露出恰到好处的礼貌微笑，看起来迷人极了。

Kimmy 迅速从沮丧情绪中走出来，把领口又用力向下扯了扯，随手拿起一杯酒，在远离人群的角落喝着。

如果此刻你正在敬佩 Kimmy 的处变不惊与世无争，那你就错了。

因为在这场酒会之前，她早已像柯南一样，搜集好了所有关于九天的习惯和癖好。

其中包括他喜欢穿平角的内裤，喜欢在睡前看一集轻松愉悦的《老友记》，喜欢喝二锅头兑雪碧等这类完全没有被媒体曝光过的私隐。

当然还有，他觉得安静待在角落的女人最美。

知己知彼才能百战百胜。

这些年来，Kimmy 最喜欢读的书，不是言情小说，不是传记游记，也不是爱情散文集，而是《孙子兵法》和《三十六计》。

起初小美和希汶还因此对 Kimmy 刮目相看了一阵子，觉得她不但有一副美艳的皮囊，同时还兼具有深度的内心。

但当她们知道她读这些书的原因是为了泡男人的时候，这种敬佩感便瞬间崩塌，变成一堆时刻鄙视着她的废墟。

“你们懂什么？人要不断往高处走，我总不能一辈子都跟卖盗版光碟的小帅哥鬼混，我可是有豪门梦的女人。”Kimmy 义正词严地这样说。

事实证明，古人的智慧是无穷的，在 Kimmy 熟练掌握了各项技能之后，但凡是被她盯上的男人，就从未失手过。

如果要把她的战绩做成一个光荣榜，那么这个榜上，一定是一片浩瀚而密密麻麻傲娇闪亮的五角星银河。

人潮安静下来，一阵基本的寒暄过后，九天向角落望过去，看见正独自站在那里喝酒的 Kimmy。

Kimmy 假装不经意地看向他，两人隔空交换了一个眼神。

她优雅地举起酒杯晃了晃，给了九天一个经过计算的娇柔微笑。

九天饶有兴趣地走过去，趴在 Kimmy 耳边轻轻地说：

“你知道吗？我觉得站在角落的女人最美。”

“是吗？谢谢。”Kimmy 挑了挑嘴角，波澜不惊地伸出手，“我是 Kimmy，这次活动的筹备人。”

“九天。”九天礼貌地伸出手，握住了 Kimmy 的手。

Kimmy 哪能这么容易就结束这场亲密接触。

九天的手，被她轻轻握住，却没有要松开的意思。

这一计，叫趁热打铁。Kimmy 心里得意地想。

“你信不信我懂得心灵感应？”她的语气暧昧柔和。

“是吗？”九天脸上浮起饶有兴趣的笑，任由她玩着游戏。

“嗯，只要我牵着你的手，就可以知道你心里在想什么。”

Kimmy 边说，边用纤细的手指，轻轻戳了一下九天的胸口。

看九天没有抗拒，她继而很自然地，把整只手都按在了他的胸口上。

“在心里从一到五中选出一个数字，不要说出来，让我来猜。”

九天很配合地点点头，低头看了一眼 Kimmy 放在他胸口上的那只手，笑了笑。

“你想的是不是三？”Kimmy 自信满满地说。

可没想到，九天却摇了摇头。

Kimmy 有点不爽了，几只草泥马从她心里缓缓走过。

在这个游戏里，她从未失手过，看来今天是棋逢对手将遇良才了。

她心中一股关于征服的火，旺盛地燃烧了起来。

一定要把九天拿下，让他成为我光荣榜上最耀眼最大颗的星星。

Kimmy 压抑着飙脏话的欲望，不甘心地想。

“看来这边的环境太吵了，我集中不了我的意念，不如我们去一个更安静一点的地方啊？”

大概是怕九天拒绝，也怕自己会忍不住拳脚相加，所以没等九天回答，Kimmy 就拉起他的手从拥挤的人群中穿越过去。

两个人远离人群，找到一个更隐蔽的地方。

Kimmy 看了看四周，确定这里既安全又安静，接着重新发起新一轮攻势。

“你觉得哪一种女人最吸引人？除了站在角落的那一种。”Kimmy 莞尔一笑。

“每一种女人都有不同的魅力。”

“那我呢？我的魅力是不是足够吸引到你？”Kimmy 扭动着水蛇腰，渐渐向九天逼近。

九天不躲闪，也没有回答，更没有如 Kimmy 所愿地吻上来，只是淡淡地笑着。

“你想的是一，对吗？”Kimmy 怕他再沉默下去，场子就冷掉了，之前的所有勾搭也就功亏一篑，所以机智地说。

“不对，因为我根本没在想。”九天说。

“你很过分耶。”Kimmy 一计粉拳打在九天的胸口，娇嗔地说，“玩音乐的人都像你这么不听话吗？”

九天依然没有回答，脸上挂着一如既往的淡淡的笑。

笑，笑，笑个屁啊。

Kimmy 狠狠地想，水蛇腰却依然妩媚地扭动着。

正当 Kimmy 和九天即将陷入一段漫无边际的沉默和尴尬时，忙完工作的小美非常及时地出现在了 Kimmy 的视线中。

小美并没有刻意打扮，还是披头散发地穿着刚才在机房那件老旧的皮衣外套加长裤军靴，在珠光宝气的宾客中显得格外别扭。

Kimmy 压抑着心中熊熊的怒火，向小美招了招手。

“嘿，这边。”

小美穿过人群，快步走向 Kimmy，同时也看见了站在一旁的九天，她先是一愣，很快便恢复了正常的样子。

“我来介绍，这是九天，这是我的好朋友小美。” Kimmy 继续娇嗔着，语气着实吓坏了小美，她不可思议地看着 Kimmy，感觉自己马上就要吐了。

Kimmy 沉着冷静地看着小美，趁九天没注意时，用眼神向小美射出一道寒光，这才让她乖乖地闭上了即将要吐槽的嘴。

“我知道，你是乐队主唱，我听过你的歌。” 小美转向九天，很自然地伸出手跟他握了握，又迅速地收回。

Kimmy 嫣然一笑，向九天介绍道：“小美可是做电影的哦，我今天专程叫她来，介绍李安给她认识。”

“认识李安跟你做电影有什么关系吗？”九天看向小美，问她。

“李安是大导演呀！”Kimmy 继续说。

“当导演不是做好电影就行了吗？李安又不会帮你拍片，看你的样子，不像是这么没个性的人。”九天依然看着小美说。

“我有没有个性关你什么事？”一直没说话的小美一脸不爽地瞥了九天一眼。对于一个陌生人来说，他着实有点话多。

Kimmy 看出苗头不对，生怕下一秒小美就要一个箭步冲过去跟九天厮打起来。

对待看不惯的男人像秋风扫落叶一样残酷，这一直是小美遵循的人生准则。

她赶紧伸出手在背后拽紧了小美腰间的衣服，跳出来圆场。

“哎呀，你们艺术家说话真是有趣，呵呵……”Kimmy 干笑了两声，那笑声连她自己听了都想猛抽自己几个耳光，“走吧，我们去拿点饮料，一会儿再回来找你。”

Kimmy 看向九天，抛给他一个暧昧的眼神后，搀着小美急促地离开了现场。

九天一直保持着那个模糊的笑容，目光直直地看着小美的背影。

这女孩，有点意思。九天想。

他仰起头，把杯中剩余的酒一饮而尽，转身走进了人群。

这一刻，音乐正好，一切都好。

# Chapter 4
# 当爱情来临的时候，当全世界与你为敌

## ___ 1.

大概觉得距离九天已经足够远了，Kimmy 松开了小美的胳膊。

她深深地吸了口气，换上平时那张刚正不阿的脸问小美：“你怎么现在才来？说不定这会儿人家都走了。还有，你穿的这是什么东西？”

“我才要问你刚才说话的语气是怎么回事呢，我都要吐了。”小美不服气地说，做了一个呕吐的夸张表情。

“关你屁事！我再去打听一下，你在吧台那边等我，帮我点杯酒，要烈酒！老娘真是不爽极了。”

说罢，Kimmy 转身朝 VIP 包间走去。

小美看着她的背影，心里有点感激，但又觉得有些无奈。

也许人生就是这样，为了要做自己喜欢的事情，而不得不去做更多自己不喜欢做的事情。

如此的循环往复，仿佛一个魔咒，所以快乐总是很难得到的吧。

小美在吧台的高脚椅上坐下来，向服务生点了两杯酒，晶莹的黄色液体缓缓注入杯子，看起来诱人而甜美。

服务生把调好的酒递给小美，却不小心手一滑，全部洒了出来。

“Fuck！”小美瞬间从椅子上跳下来，躲避着顺着吧台流下来的液体，随口骂道。

“不好意思啊。”服务生慌张地道歉，迅速用洁白的毛巾拭干了桌面。

小美倒也不介意，反而从他手里拿过擦了桌子的毛巾开始擦身上的酒。

“你刚才骂得很好听，可不可以来帮我录音？”九天的声音突然在小美身后响起，让完全没有任何心理准备的小美顺手把毛巾或者说抹布扔了出去，不偏不倚地落在刚才洒酒的那个服务生脸上。

小美急忙上去道歉，却怎么也挽回不了她在服务生心里恶毒复仇的巫婆形象。

服务生的嘴角抽动了几下，硬是连个专业的笑容也没能挤出来。

“你干吗呀？吓死我了。”道歉未果的小美决定迁怒于罪魁祸首，于是她转向九天，愤恨地问。

“不好意思。”

九天调皮地吐了吐舌头，这是他很少有的样子。

大众面前，他永远都是迷人、不羁、个性、气质、艺术等一系列高端词语的化身。

这样孩子气的表情，让小美忽然有些怦然心动。

“你刚才说什么？”

英俊的男人总能一瞬间熄灭女人的怒火，这是 Kimmy 的金句之一。

看着九天棱角分明的脸，小美的怒气一瞬间就散了。

“你刚才叫的那一声很棒！我想把它放在我的音乐里，你可以让我录下来吗？”

“你是说……fuck？”小美努力回想了一下，不解地问。

“嗯。”九天认真点头。

此时此刻的小美真心想翻个白眼，她觉得九天想要整她。

可老娘智商冲云霄，是你能整得到的吗？

看到小美的表情，九天大概也懂了此时她心中的潜台词。想解释，却不知道从何说起。他把头稍偏向一边，微微拧起眉，不知在考虑什么。

忽然，他想到了点什么，从口袋里拿出一个 MP3，动作轻柔地帮小美把耳机带好。

小美没有反抗，不知为何，对九天，她表现出了难得的顺从。

大概，她也想看看九天到底能玩些什么花样吧。

只是，九天的手指不经意地触碰到她的耳垂，她的脸颊立刻不由自主地变得滚烫发红，像是炉子上烧红的烙铁。

小美低下头，耳机里传来一阵黏稠液体的流动声。

“这是什么？”小美好奇地问。

“这是夏威夷的 Kilauea（基拉韦厄）火山岩浆流动的声音。”

小美惊讶地睁大眼睛，耳机里来自大自然的声音在持续着。

她缓缓闭上眼，仿佛能看见岩浆夹杂着石块漫延流动，忽而平缓地翻涌，忽而在撞击的力量下迸出四溅的火星。

看着她陶醉的样子，九天不忍打扰，索性在旁边坐下来等她听完。

借着这个机会，他仔细地观察着这个对他来说完全是一片新天地的女生。她不美艳、不性感，就像是莫名其妙混在万花丛中的一棵小白菜。可，自己为什么会产生这样一种微妙的悸动呢？

几分钟后，小美睁开眼，心满意足地看了看九天，笑着说：

“我回来了。”

“嗯？”九天不解地看着她。

“从夏威夷，我从夏威夷回来了。”小美兴奋地说。

九天笑了，接着问她：

“那你想再去趟妇产科吗？去听听小孩出生后的第一次哭声。”

小美更兴奋了，眼睛里几乎开出金花来，像个第一次逛玩具店的孩子，充满了好奇和期待。

九天递给小美一杯酒，拿过 MP3 调了几下，耳机里传出一阵阵婴儿的哭声。

那是来自生命最初的声音，是一生中无数个第一次中的第一次。

在这反复的啼哭声中，小美听得有些恻然。

她看向九天，眼睛里闪着些许泪光。

两人的目光在空气中接触、交换，然后拧成一股缠绵悱恻的绳。

英俊的男人总能瞬间熄灭女人的怒火，也能瞬间点燃女人的欲火。

其实这才是 Kimmy 总结出的完整而又准确的句子。

## ___ 2.

当 Kimmy 再次出现在 VIP 包间门口时，还是一样的保镖，还是一样的鼠标垫脸。

“我的人生哪里受过这种待遇，要不是为了小美，李安求我见他我都要考虑一下。”她暗想，气开始有点不顺。

某一瞬间，她甚至有点想一脚踢向他们的下体，看看他们到底是真人还是机器人。

不过不管怎样，Kimmy 都决定放手一搏。

看来他们不会被酥胸乳沟迷惑，那就直接来硬的。

她决定直接闯，像孙悟空大闹天宫一样，谁拦谁死。

她提起裙摆，假装站得笔直的保镖是空气，伸手就要开门，却被左右护法的大手非常果断地拦了下来。

“不好意思小姐，你不可以进去。”

“哟，你们会说话啊，还以为你们是蜡像呢。”

原本心里就窝着火的 Kimmy 毫不嘴软地开始刻薄。

不过两个保镖没打算跟她继续互动，一脸的没表情，收回挡在她胸前的手，恢复了规矩的站姿。

临站好之前，其中一个保镖用手指轻轻叩了几下门板。

片刻之后，门被打开了，是刚才那个纠正过 Kimmy 的助手。

透过渐渐关闭的门缝，Kimmy 已然看见李安正坐在沙发上，跟旁边的人小声说着什么。

“Hey，it’s me again. Is Ang Lee inside?” Kimmy 摇晃着身子声线柔美地说，总不能每个男的都油盐不进吧，她想。

“No. He is in the bathroom.” 助理严肃地说，美人计再次失效。

“Listen，I see him.” Kimmy 指了指房间，又指了指自己的眼睛，有点气急败坏地说。

“I’m sorry but he is really really busy.”

“Please，I am the organizer of this party. I promise you，it won’t take long.”

Kimmy 迅速换上一张楚楚可怜的脸，两只眼睛化作小鹿斑比诚恳地看着助理先生，扑闪扑闪的。

“Ok，let me ask him first.”助理终于还是松了口，对 Kimmy 说。

“Thank you，thank you so much.”

她欢快地蹦跶着，像个纯真的孩子。

没错，纯真少女路线，是这个助理喜欢的——就在刚刚的某一瞬间，Kimmy 意识到了这一点，才迅速调整了自己。

她默默在心里给自己点了个赞，助理看着她的样子，无奈地笑了笑。

Kimmy 转身走向大厅，就在转角处，她收起了做作的笑容，偷偷做了一个呕吐的表情，然后恢复一如既往的高贵冷艳，自信满满地走了出来。

越过人群，她看见小美和九天正坐在吧台那边聊得起劲儿。

她刚想跑过去向小美汇报这个好消息，就看见两人同时起身，手牵着手拨开人群迅速朝门口跑去，很快便从她的视线里消失了，只留下一双模糊而又遥远的背影。

在 Kimmy 眼中，两人的背影就像是大晴天里一朵铅灰色的乌云，正以光速飞奔着过来，笼罩住她的天空，下起一场突如其来的冰凉刺骨的雨。

Kimmy 木然地站着，表情如同 VIP 包间门口的左右护法那般冷峻。

她的心一寸寸在变冷。

她的努力她的友情她的男人，她所信仰的一切东西，都在这一刻被标注上密密麻麻的字迹，而你仔细看过去，写的全都是背叛。

那一刻，Kimmy 一直以来平顺坦荡的人生，第一次有了被全世界遗弃的感觉。

## 3.

深夜的大海，如同一个无底的黑洞，点缀着零零散散的小渔船上的灯火。

小美坐在岸边的一艘船的甲板上，安静地听着海浪一次次拍打在岩石上的动人声音。

这是九天的船，或者更确切地说，这是九天的某个小家。

船上的设备简陋但齐全，有一个简单的床垫、一把吉他，还有一整面墙上琳琅满目的酒。

九天在她旁边坐下，递了一杯酒给她，顺手把一只小型录音机放在甲板上。

“这是什么？”小美晃了晃杯中像泥浆一样的液体，不由得皱起眉头。

“喝了能让你身心放松的东西，试试看。”

小美半信半疑地瞅了九天一眼，抿了一口。

很快，她脸上的五官扭曲地集结在了一起。

好奇怪的味道啊，她忍不住哆嗦了一下。

“哇，好辣。这是什么啊？”

“这是卡瓦酒。”看着小美的样子，九天笑了笑，解释道，“它的原材料是卡瓦胡椒，在瓦努阿图，人们在冥想之前都会先喝它。”

“是吗？怎么会有人要喝这种东西。”小美自言自语，接着又喝了一口，辛辣的液体顺着她的喉咙流下去，她再次皱了皱眉头。

“慢慢你就会适应，再多喝几口，你就会爱上它。”

“好像是没有刚才那么难喝了。”小美把酒杯轻轻放在一旁，“你住在船上多久了？”

“先帮我录音，我就告诉你。”九天指了指身旁的小型录音机说。

“你来真的啊？”

“当然咯。来，叫吧，对着大海，反正这里晚上几乎没有什么人。”

“不要！”小美嘟了嘟嘴，把脸转到一边拒绝道，“我觉得这样很无聊。”

九天没说话，嘴角扬起一丝坏坏的笑。

他一个翻身，把正坐在甲板上毫无防备的小美压在身下，抓住她的两只手，死死地按在头的两边。

小美被这种过于亲密霸道的举动吓坏了，睁大眼睛迟缓了两秒钟，然后开始大声呵斥：“滚蛋！你放开我！你要干吗？”

“有了。好棒！超棒的！”

小美刚叫完，九天便灵巧地翻了个身从小美身上下来，兴奋地弹起吉他来，并开始摆弄他的小录音机。

录音机里传出两人刚才的对话，最后是小美发飙怒骂的声音。

还沉浸在刚才脸红心跳的那一幕的小美，依然惊魂未定地躺在甲板上，心脏像打了鸡血一样狂跳不止，一直到她再次听见录音机里自己的声音，才渐渐缓过神来。

她慢慢地坐起来，使劲低着头不敢看九天的眼睛。

一阵海风吹过，夹杂着海水的腥咸，也夹杂着来自少女情怀怦然心动的甜美。

九天倒是一副完全没有在意的样子，反复地听着录音机里最后那几句。

“你有完没完啊？”小美被自己的声音吵得心烦，刚刚的画面随着那句叫骂的反复播放一次次重现在她的脑海里。

她气呼呼地把录音机从九天的手里抢过来，丢到了远处的床垫上。

“你真的很贱耶，竟然用这么不要脸的招数。”

九天没说话，只是侧着脸安静地看着小美。

一阵风吹来，撩起他额前的碎发，露出那双摄人心魄的深邃的眼睛，直到把小美看得手足无措快要扇他巴掌的时候，他才慢悠悠地站起身，从船舱里拿出一些晒干的卡瓦胡椒，动作娴熟地将它们磨成一堆细碎的粉末。

“这是什么？”小美走到他身边，看着他修长的手问。

“帮我倒点水。”九天没回答，把装着粉末的瓶子递给小美。

这个男人的声音仿佛有魔力，小美乖乖地接过来，把瓶子高高举起，透过不远处微弱的灯光好奇地观察着。

两人不急不缓地忙碌了一阵子，九天拿着调好的一大瓶卡瓦酒放在甲板上，然后拉着小美的手一起坐下。

他把小美的酒杯添满，又给自己倒了一杯，轻轻地喝了一口，目光深邃地望着远处漫无边际的黑暗大海。

他英俊的侧脸，看起来好看极了，就像是一直生活在黑暗和混沌中的王子。

“你还没回答我的问题呢，你在船上住了多久？”小美问。

“快两年。”九天依旧看着远方回答道。

“为什么要住在船上？”

“三年前我从英国回来，被一个制作人发掘，出了第一张唱片，唱片卖得很好，我也得到了很多，有名有利。可是我一点都不喜欢那些作品，它们原本就像是我的孩子，却被包装得面目全非。我开始觉得很辛苦很压抑，越走越累，越走越找不到该去的方向，我甚至开始酗酒，还险些开始吸毒……”九天停了一会儿，微微地笑了笑，接着说，“后来我遇见一个从挪威来的航海家，他给我讲他的故事，那些有趣经历激活了我潜意识中对自由的渴望。这奇妙的经历，促使我用第一张唱片赚到的所有的钱买了这艘船开始出海，去寻找那些埋藏在我内心的声音。”

“那你找到了吗？”

“一开始的时候真的很迷惘，尤其在海上一个月可能也看不见一个岛，每日每夜都被大海包围着，那种感觉真的挺孤独挺绝望的。所以人们都应该敬畏大海，而不是单纯地去喜欢。在海中央漂着的那些日子，我渐渐发现原来人心跟海洋一样，每天都会经历着不同的变化，正是这种多变才最吸引人，所以我就不再刻意地去寻找什么了，capre diem，con respicio.”

“什么？”小美没听懂最后九天说的那句话。

“是拉丁语。”九天侧过脸看了看小美，用手轻柔地理顺小美被风吹乱的头发，耐心地给她解释，“capre diem，就是活在当下，而con respicio，是指要带着尊重带着尊敬的心去感受生命。懂了吗？”

“嗯。”小美再次涨红了脸，低着头不敢看他。

“当我学会这样生活的时候，反而能很自然地写出不同的旋律来，就像人们现在听到的我的那些音乐。他们说，只要闭上眼睛听着，就能让心情平静下来。”

小美若有所思地看着九天，他的轮廓映在她的眼睛里，逐渐向外发散出一种奇异的光芒。

这是你爱上一个人的标志之一，看他的时候，无法看清他的样子，只能看到那个人身上的光。

但这个时候，小美还没有确定这件事，她只是以为，今夜的月光太好。

“海风真的好舒服啊，难怪你会这么喜欢大海。”

小美把身子向后仰，用手臂支撑着身体，抬起头享受着迎面吹来的风。

午夜的海风有些许凉意，吹干了身上的细密汗珠。

“你现在看到的，只是大海安静祥和的一面，要感受过惊涛骇浪，才能算真正爱上它。就像爱一个人一样，你享受他的优点的同时，也要承受和爱上他的缺点。”

“你在海上生活，是不是真的像少年 Pi 一样？”小美觉得好奇，兴致勃勃地问。

“我可没他那么厉害，我存不够钱买老虎。”九天开玩笑，“不过经历倒是差不多，我曾经试过六天没睡觉，因为舵坏了，只要我一离开舵，船就会开始打转。而且我出海的时候，永远都有一条麻绳把我跟船系在一起，不然很容易被浪打进海里。”

“哇……这么危险……”小美张大嘴巴发出由衷的感叹。

“还有更危险的呢，有一次，我的船被一只鲨鱼追踪了好几天。我看到鲨鱼的鱼鳍在船周围绕圈，它随时可能撞破我的船，把我吃掉，幸好最后它游累了，走了。”

“你的人生真精彩，我觉得好羡慕。”小美眼神望得很远，微笑着说。无论浪漫抑或惊险，于她而言，都仿佛只能出现在梦里。

“人生那么短暂，当然应该活得值一点，你的人生很乏味吗？”

“不知道。”小美想了想，摇了摇头，“我有很好的家人、很棒的朋友、很喜欢的工作，但好像还差了一点什么东西。我一直都想拍电影，可每次人家问我‘小美，你到底想要拍什么电影’的时候，我都答不出来。”

“也许你也可以考虑去大海的中间看看，看看能不能找到你心里缺少的东西。”

“你去过很多国家吗？”小美把话题从自己的身上移开，事实上，她缺什么，她自己心里早已清楚。

爱情，一段轰轰烈烈你死我活的爱情。

她曾经那么羡慕过希汶和林杰的山盟海誓，即使结局那么不堪，但也曾深爱过彼此。

她甚至也忌妒过Kimmy，虽然没有刻骨铭心，却给足了Kimmy她想要的光环、虚荣、宠爱与保护。

而自己呢，只能算有过一段不像样的无疾而终的初恋罢了。

不，也许只能算是一段输不起的单恋吧。

转眼已经是奔三的人了，周围很多朋友都已经跳过恋爱阶段，直接戴上了婚姻的枷锁。

其中还有好几个人已经做了妈妈，没日没夜地在各种社交平台，晒着自家孩子的照片。

看得再怎样不耐烦，小美偶尔还是会羡慕她们一下下。

羡慕她们在最好的岁月里，做完了一个女人生命中，最重要的两件事情。

或许有一天我也会去相亲然后闪婚，随便找个男人在一起，迅速怀孕之后，立即踏入晒小孩的行列。

小美有时会这么略微自暴自弃地想。

但这样想过之后，生活还是要继续。

她还是那个固执地维护着自己的梦想的小美，有些难以启齿地默默期待着爱情。

什么是爱情，她也说不清。在爱情的路上，她还是个初学者。

但是，信者得爱。

她觉得终有一天，她会遇到。

“你下次会去哪里？”这一刻的小美，忽然觉得命运之神来敲门了。

“还没决定，你替我选吧。”九天随手拿起身旁的一只精巧的地球仪递给小美。

小美慢慢地转着地球仪，认真地看着上面的国家问：

“西班牙你去过吗？”

“嗯，去过。”

“那土耳其呢？”

“嗯。”

怎么去过那么多啊！小美不死心地又指着地球仪上的一个陌生的国家，问九天：“这里呢？ Niue（纽埃）……”

“Niue？”九天凑过来看了一眼说，“还没，那下次我就去这里吧。”

“真的吗？”

“嗯，要不要跟我一起去？”

“我？”小美愣了一下，这个问题来得意外，可仿佛又在情理之中，但她还是不自觉地有点紧张，“可以吗？我很麻烦的。”

“当然，我最不怕的就是麻烦。”

九天笑了，露出一排洁白的牙齿，这是小美第一次看他笑得这么明媚，看得有些入迷。

他看了小美一眼，慢慢收敛笑容，目光柔情地望向她的眼睛说：“我现在终于知道，你生命里到底少了些什么。”

“啊？”小美不可思议地看着九天，“是什么？”

“少了一个最美好的吻。”

说着，九天轻轻挑起小美的下巴，脸慢慢靠过来，吻上小美温热的嘴唇。

小美惊讶地睁大眼睛，很快，她又慢慢地把它们闭上了。

浩瀚的深蓝色天空中缀满了星辰，像是一块撒满了碎钻的绸缎。

远处的海浪声依然此起彼伏，无休无止地拍打着岸上嶙峋的岩石。

岸边的一艘船上，有一对男女正在忘情地接吻。

这样一个漫长而又深刻的吻，让许久没有碰触爱情的小美天真地以为，这便是爱情来临之前的样子。

## —— 4.

这个城市的凌晨总会带着一些冷清，小美步伐缓慢地走在空旷的街道上，看着远处的天空一点点亮起来。

有几家卖早点的摊位已经开始忙碌，旺盛的炉火呼呼地冒着，为正在工作的人驱赶了些许凉意。

小美坐在街边，吃了一碗热气腾腾的云吞面，吹了一整晚海风而变得有些麻木的身体渐渐恢复了知觉。

她满足地搓了搓手，起身继续往家的方向走去。

九天俊朗的脸又一次在她脑海中闪过，小美害羞地笑了笑，笑容里带着温暖和甜美。

如果小美的整个生命像是一首悲怆忧伤的大提琴曲，那么这个梦一般的晚上，就是一首流畅雀跃的钢琴曲，是她生命乐曲里最华丽的篇章。

不知不觉，小美走到了家门口，她小心翼翼地开了门，蹑手蹑脚地换了鞋走进客厅。

透过窗帘的缝隙照进来的微弱的光，把正端坐在沙发上等她的 Kimmy 照成一个黑色的剪影。

Kimmy 依然穿着昨夜的长礼服，面前的茶几上摆着一瓶空了的红酒。

桌上残留着红酒溅出来的斑驳痕迹，乍一看，像血一般鲜红。

小美被黑暗中的 Kimmy 吓得哆嗦了一下，但很快就冷静下来。

“还没睡啊？”

Kimmy 目光冷峻地看着小美，并被她的冷静气得有些微微颤抖。

“你去哪儿了？给你打电话为什么关机？”Kimmy 使劲儿压着心中的

怒火问。

“出海，我手机没电了。”

“跟九天？”

“没错。”

“你们上床了？”Kimmy 继续问，保养得当的漂亮指甲仿佛不经心地慢慢划过沙发坐垫。

“没有。”

“没有？那你们在外面鬼混了一整晚都干吗了？别跟我说聊天，这世界不相信纯情。”Kimmy 猛地从沙发上站起来，大步走到小美面前说。

长礼服的裙摆随风扬起，碰倒了桌上的红酒瓶，发出清脆的响声，剩余的一点红酒洒出来，洒落在洁白的羊毛地毯上，显得格外刺眼。

“你发什么神经？你以为每个人都跟你一样见到每个男人都一定要爬上他的床才算功德圆满吗？我告诉你，不是每个人都像你这么不知道自尊自爱的。”

看着 Kimmy 气急败坏质问自己的样子，小美的火也上来了。

九天并没有隶属于谁，现在大家都站在一条公平的线上，而自己，似乎还更靠前一些。而这所有的一切，都让她有资本来反驳这种自以为是的质问。

“我不知道自尊自爱？是啊，我他妈就是贱，整个晚上我袒胸露背臊眉耷眼跑前跑后地巴结人家我为了谁啊？我 Kimmy 这辈子没跟人低过头，没跟人说过什么软话，就为了给你介绍李安，我都把自己低到尘埃里了，我他妈得到了什么？”Kimmy狠狠盯着小美的眼睛，一下一下指着自己的心口。她把自尊交出去来帮她登天，却眼睁睁看着它被扔在地上打碎了。

“我知道你为我做了很多事情，我很感激你，真的，但是你有没有考虑过我的感受？”小美勇敢地迎上Kimmy的目光，她压在心底这么久的话，终究还是要用这种最决绝的方式讲出来，“我不喜欢那样的场合，九天说得没错，即便认识了李安又怎样？他当不成我的踏脚石，没办法帮助我平步青云。而且，我也不需要别人为我那么做，我只想靠我自己的努力，只想认认真真做自己的事情！你懂吗？”

“我不懂！”Kimmy用力甩了甩手，打断了小美的话，“我只知道我的好朋友把我丢在派对上一声不吭地走了，我只知道不管我为你做了多少事情，到头来都是个屁，我只知道你跟我看上的男人，在船上过了一夜，然后跟我说你们没上床。”

“哼，你看上的男人？”小美冷笑了一声，“我就知道，你发这么大火是因为九天，是因为你觉得我抢走了你的男人、你志在必得的猎物，对吗？”

“对个屁！”Kimmy被小美的一声冷笑刺痛了，她大声地冲她吼道，“我本来还以为，你真的像你自己说的那么有追求有梦想，为了电影什么都可以，最后还不是跟其他女人一样，看见帅哥就跟着跑了？你他妈也是这类货色有什么资格指责我？”

“我也没想过事情会发展成这样，我跟九天之间不是你说的那样，我们之间有特别的感觉，是我以前从来没有过的。”

“不要告诉我你爱上他了，这对我来说可是个天大的笑话。”

Kimmy 一步一步地逼近渐渐后退的小美，直到小美靠在墙上再也后退不了。

她直直地看着小美的眼睛，呼吸中带着浓重的酒气。

“我不觉得哪里好笑。”小美微微抬着头，认真地看着踩着高跟鞋比她高出将近一头的 Kimmy 说。

Kimmy 的眼神渐渐柔和下来，原本凌厉的目光变得软起来。

她转了个身，重新回到沙发上坐下，捡起地上的酒瓶往杯子里倒了倒，接着又烦躁地把空瓶丢开。

“我真心劝你一句，九天这种男人，不是你这样级别的女孩能玩得起的。”

“我也想真心劝你一句，别太自以为是了，不是每个男人你都懂的。而且我跟你不一样，我没打算玩，我只想认真享受属于自己的爱情。话说回来，这些都是我自己的事情，我自己会处理，不用你操心。”小美冷冷地说，说完就大步走进房间，把门重重地甩上。

“爱情？九天会跟你谈爱情？你到时候被他卖了你还乖乖地给他数钱呢，小美我告诉你，你就是个彻头彻尾的傻 ×。”

Kimmy 冲着小美嚷完，顺手拿起桌上的酒杯朝那扇紧闭的门扔过去。

晶莹的水晶酒杯碎了一地，映照着清晨的阳光，反射出刺眼的光芒，如同那个夜晚漫天的繁星。

Kimmy 顺着墙慢慢地滑坐到地上，声音微弱地哭着。

心痛、不甘、委屈……各种情绪从心底涌上来，聚在眼眶中化成了泪。

初阳的光斜洒在她身上，却只能照出一片苍白无力的颓然。

这一刻，Kimmy 不是叱咤风云的职场女霸王，也不是那个风情万种的交际一枝花。

她只是一个霎时间仿佛失去了一切的女孩子，仅仅如此。

也不知道哭了多久，她靠着客厅的沙发一角渐渐睡着了。

希汶从房间悄悄走出来，给 Kimmy 盖了一条毯子。

原本精致的妆容，已被泪水打湿，在 Kimmy 巴掌大的脸上肆无忌惮地晕开来，仿佛一个疲倦的小丑，让人心疼。

希汶小心翼翼地收拾完地上的碎玻璃，在 Kimmy 身边坐下来。

Kimmy 的头歪了歪，正好靠在希汶的肩膀上。

希汶没动，任由她这么靠着。

客厅被巨大的安静包裹着，只有 Kimmy 均匀而平静的呼吸声。

外面的天空彻底亮起来，Kimmy 为自己设定的“狗吠”闹钟准时响起。

她慢慢睁开眼睛，看了看身上的毯子，又看了看身边的希汶，大颗大颗的眼泪再次夺眶而出。

那是希汶记忆里，Kimmy 少有的几次哭泣。

事实上这些年来，希汶见证过无数次小美和 Kimmy 大动干戈的时刻。

她们曾在食堂为了一块 Kimmy 不小心丢进小美盘里的肥肉拍案而起过，也曾在宿舍因为一个难得的大晴天该谁先晒被子而叫嚣绝交过。

每当这样的时刻，希汶都像是两人中间横亘着的台阶，供两人从两边自然而然地走下来，然后和好如初。

可是，这一次看起来并不像希汶想象的那么简单。

“去洗个澡，进屋睡会儿吧。”希汶声音柔和地对 Kimmy 说，伸出手轻轻把她散在鼻子前的碎发拨至一边。

“不了，还要上班，公司还有很多事情要忙。”Kimmy 抹了一把眼泪，顺手脱掉了礼服，起身走进卫生间。

前后折腾了半小时，Kimmy 才从房间走出来。

一如既往的精致妆容，时髦的小洋装，10 厘米带着水钻的高跟鞋，黑色的铂金包。

Kimmy 朝正在客厅吃早餐的希汶挥了挥手，给了她一个甜美微笑说：“我去上班咯，拜拜。”

她平静得就好像一切都没有发生过一样，她还是平时那个气场强大活力十足坚不可摧的 Kimmy。

通过敞开的大门，希汶看着 Kimmy 那璀璨得仿佛太阳女神一般的背影，直到门被彻底关上，她才缓缓地发出了一声悠长的叹息。

何以至此，她想，不就是一个男人吗？

可是，她又想，如若把她放在今天任何一方的位置上，她也不敢确保自己不会成为更加歇斯底里的某人。

赶紧结束吧，这天杀的一切。

她最后这样想，一口喝光了马克杯中残余的黑咖啡。

我得先好起来，才能去解决她们的问题，现在，她们需要我，我必须先好起来。

希汶决定上班去。

## ___ 5.

希汶回酒店上班的这天，得到了同事们热情而又八卦的欢迎。

这是一直在工作上勤勤恳恳默默无闻的她从未遇到过的。

生活就是这样，当你落难的时候，你总能从灰姑娘变为小公主。

虽然这公主，可能来自悲惨王国。

那些神色各异的女人，几乎是以夹道欢迎的状态迎接了希汶的到来。

她一出现，她们就好像等着被国家领导人接见一样，瞬间围了过来，亲密无间地拉着她的手左摇右晃。

希汶瞬间明白，自己因为失恋而请假的事情，一定被传遍了。

“希汶，你没事吧？你一走我们都快忙不过来了，连去看你的时间都没有。”其中一个晃得最厉害的女同事说。

“是啊，是啊，都听说你病了，还跟你男友分手了，我们可担心了，到底发生了什么事情啊？真的好怕你出事哦。”说这话的女的，天生就带着一张唯恐天下不乱的脸。

希汶礼貌地笑了笑，硬生生地拽开被拉住的手说：

“没事，谢谢你们关心。我现在又健康又活泼，好得很呢。”

说罢，她火速逃离了现场，留下一堆意犹未尽如同狗仔队的女人。

许久未被打开过的储物柜上，覆盖着一层单薄的灰尘。

希汶用手轻轻擦了擦，打开了门，尘封的记忆也随着里面贴的一张张照片被开启。

那都是她和林杰的合影。

两人勾肩搭背亲亲密密，摆出各种怪异的鬼脸，被镜头永久地记录下来。

希汶把照片从门上一张张撕下来，照片的背面写满了文字。

“2013年2月14日，我们的第五个情人节。我说我不敢想象如果哪一天没有了你，生活会变成什么样子。你说你会娶我，然后永远待在我身边。”

“2013年12月24日，我们的第五个平安夜。你向我求婚了，钻石超大，小美和Kimmy都忌妒得要死，哈哈！”

“2014年1月1日，我们又跨过了一年，离白头偕老又近了一年。”

……

希汶认真地读着这些话，脑海中的画面如同一部泛黄的旧电影再次重演。

那些往日羡煞旁人的美好，如今就只剩下这些如同讽刺的只言片语，安静地躺在一张张照片的背面，恍若隔世得近乎恐怖。

照片上两人美好的面容，瞬间化作一股物是人非的悲凉，将希汶紧紧包裹起来。

她停顿了片刻，果断地把所有照片都摘了下来，迅速夹进一本书里。

这些让人心痛的往事，还是不要再去触碰为好。

希汶想。

她利落地换好工作制服，锁好储物柜的门走出了更衣室。

这也许不是一个你付出多少就能回报你多少的世界。

人们无时无刻不在经历着亲人的离弃、朋友的背叛、恋人的出轨。

如果你是个太在乎投入产出比的人，那么就请你认真工作吧。

大多数时候，工作都是件让人愉悦的事情，它能让你忘记许多不必要的烦恼和痛苦，然后让你用工作换来的钱，去变成一个更好的自己。

比如这一刻的希汶，整整一个早上，她都忙得焦头烂额，忙得来不及感慨命运多舛，更没时间抱怨情路坎坷。

这也许是她第一次这么全心全意地享受工作这件事情，在她的全职太太梦碎之后。

不管怎样，生活还在继续着，时间并没有因为谁的悲伤而停留片刻。

赚钱养活自己才是王道，希汶一边帮客人办理着 check in（入住手续）一边这样想。

“希汶，有人找你哦。”

手续刚刚办好，唯恐天下不乱女就悄无声息地飘到希汶身后，神秘兮兮地说。

“找我？”

希汶回头看了她一眼，那张写满八卦的脸让希汶恨得咬牙切齿，恨不得一拳挥过去。

“嗯哼，那儿。”她指了指大堂入口。

希汶顺着她的手指看过去，乔立站在那边朝她夸张地挥了挥手。

他穿着干净的白色 T 恤和一条浅灰色运动裤，搭配着一双灰色纽巴伦跑鞋，看起来像个刚刚上完体育课的大学生。

希汶有点惊讶，放下手中的工作快步走了过去。

“嘿，没打扰你工作吧？”乔立有点腼腆地低下头。

“没有，刚忙完，你怎么知道我在这里工作？”看着他的样子，希汶浅浅地笑笑，还是有点不可思议地问。

“上次你喝醉了，跟我说你在这条路上的一家酒店工作，可能你也不记得了吧。”乔立挠挠头，笑得傻傻的，露出那排整齐洁白的牙齿，“你也没说酒店的名字，所以我就挨着找了，没想到还真被我找到了。都怪上次没跟你交换电话号码，不然也不会找得这么辛苦了。”

希汶有点感动，她没想到乔立为了找她，竟用了这种近乎大海捞针的方法。

“找我有事吗？不会是让我还酒钱吧？”希汶笑着开玩笑。

“不是不是。”乔立认真又紧张地摆摆手说，“其实是想约你，这周六我约了朋友去 KTV，想看看你有没有时间一起去。”

“周六吗？”希汶想了想，“我那天正好要上班。”

“那今晚呢？能不能一起吃饭？”

“今晚不行，我跟我朋友约好了，对不起啊。”希汶想到还在冷战的 Kimmy 和小美，心知现在也不是玩乐的时候，有点愧疚地说。

“没关系。”乔立说着，从口袋里掏出一张卡片塞进希汶手里，“这是我的名片，你有空就告诉我……”因为不清楚希汶对他的感觉，乔立说得有点心虚，又小声地问，“你不介意把你的电话号码告诉我吧？”

他从口袋里拿出手机，小心翼翼地递给希汶。

希汶爽快地接过手机按上自己的号码。

乔立接过，却不忙存储，而是立即拨通了。

手机随即在希汶口袋里响了起来，希汶瞬间明白乔立是怕她不想给，而给一个错误的号码。

她拿出自己的电话，笑着在乔立面前晃了晃。

乔立知道自己的小心思被希汶看穿了，有些不好意思。

“谢谢，谢谢。那我不打扰你工作了，你有时间要记得打给我，或者我打给你。”

他一边说着，一边兴奋地往外走，还不时地回头朝希汶挥手告别。

面对来自乔立的主动，从未受过男孩子此等待遇的希汶有点尴尬地站在原地，也礼貌地冲他摆摆手，直到他的身影被一排郁郁葱葱的植物挡住，消失在自己的视线里。

她转过身，才发现一堆三八正聚集在前台，趴在那边像在电影院看电影一样专注地看着热闹。

她无奈地摇了摇头，假装若无其事地回到前台，任凭她们怎么问，都只是淡淡地微笑而一言不发。

没多久，三八们觉得无趣，索性散了。

希汶低着头，偷偷从口袋里拿出乔立给她的卡片，若有所思地看了很久。

# Chapter 5
## 闭起双眼你最挂念谁，眼睛睁开身边竟是谁

## 1.

希汶从来没有像今天这样一头扎进工作中过。

当她拖着疲惫的身子打开家门时，却发现有个女人正在厨房做沙拉。

料理台上放着颜色鲜艳的各种水果和蔬菜，边上是知名进口超市的无纺布袋。

那是，穿着……居家服的……Kimmy？

Kimmy 的状态看起来很好，脸上带着一抹淡淡的红晕，像刚喝过补药一样，完全没有昨夜一宿没睡，今天又在职场上做牛做马的痕迹。

看着 Kimmy 的样子，又看看镜子里面目疲惫的自己，希汶对 Kimmy 的敬佩之意又多了几分。Kimmy 的人生啊，果然只写满了各种字体的“不能输”。

小美当然不在家。

回家前，希汶给她打过电话，被告知她今天很忙，不回家吃饭了，晚上也不回来睡。

一切都如希汶料想的那样，这将是一场暗无天日的冷战。

至于战争结束的时间，则要等到两个人都愿意迈出那一步的时候。

希汶知道自己一直都不是能立竿见影调和两人矛盾的药剂，不是她不想，而是天生性格倔强的两个人，根本不会听她的。

但她也确定，不管这两人吵得有多凶，随着时间推移，总能有和好如初的那一天。

再刺骨的冬天里，也没有人会否认太阳的存在。

拨云见日，早晚的事。

她一直都相信她们彼此之间雷打不动的关系，不是那么随便就能分得开的。

希汶懒懒地往沙发上一躺，手里还捏着那张已经被她揉皱了的乔立的名片。

茶几上放着一个硕大的 Gucci（古驰，著名服饰品牌）的包装袋，她知道那大概是 Kimmy 的战利品，探了探头看了一眼，又重新在沙发上躺好。

“送你了，品牌的公关给的。”Kimmy 看见希汶已经注意到了摆在桌上的礼物，故意更用力地切菜，做不经意状，以免招惹来希汶一套不必要的推辞。

“真的假的啊？”希汶猛然睁大的双眼如美杜莎的明眸，瞬间石化了 Kimmy 无稽的担忧，姐妹之间哪儿来的扭捏手软。

希汶从沙发上弹起来，都来不及看一眼 Kimmy 就把袋子抓了过来，似以为如若不然它就会在下一秒长出四只脚跑掉.

她迅速打开包装，拿出一只满是 logo（标志）的手提包忘情欣赏起来。

逗弄同学家的小狗和抱着陪自己过日子的“汪汪”，心情就是不一样。

“瞧你那点出息，没见过稍微有个牌子的包啊？出门别跟人家说你跟我是朋友，跌份儿。”Kimmy 鄙夷地看了希汶一眼，低头继续切着一把绿油油的芹菜。

“最爱你了。”

希汶放下包，兴奋地跑向厨房伸手准备拥抱 Kimmy，却被她机灵地一脸嫌弃地闪开了。

Kimmy 放下手中的刀，擦了擦手走向客厅，希汶寸步不离地跟在她后面。

“不用太爱我，这也是别人送我的，我想反正快过年了，正好做个顺水人情罢了。”

Kimmy 悠闲地往沙发上一坐，顺手拿起洗好的苹果咬了一口。

“这太贵重了吧，你应该自己留着。”希汶也坐下，就势抱住了自己的新包包。

“你知道吗？在我眼里，Gucci 的 logo 跟 Hello Kitty（凯蒂猫，知名动漫形象）的一模一样，你说我这么高大上的人，提着一个满是蝴蝶结的包包成何体统，我想了又想，只有你这种梦幻系粉红少女，才跟这个包最合适。”

Kimmy 慢悠悠地说出这一番话，的确高贵冷艳到不行。

希汶忍不住翻了 Kimmy 一个大大的白眼，她早已经习惯了狗嘴里吐不出象牙的 Kimmy，也习惯了她送的各种匪夷所思的礼物。

还记得有一年圣诞节，Kimmy 送给自己和小美每人一支震动棒，她的是粉红色，小美的是黑色。

Kimmy 当时特别得意，她说这是按照每个人的性格购置的颜色，小美的脸色一片阴沉，跟那支震动棒的颜色如出一辙。

那时脑筋还不太灵光的 Kimmy，以为小美生气的原因是自己没有男朋友，而希汶有林杰，结果却得到了跟希汶一样的礼物。

于是第二天，她就自作主张地代表身在未来的“小美男友”，偷偷把一枚崭新的跳蛋放到了小美的枕头底下。

因为这件事情，小美整整一周都没给过 Kimmy 好脸。

“我又不会在见到那个男的以后，真的管他要这份钱。眼下还没找着人呢，怎么就这么护食？”

Kimmy 总是 get（抓）不到对的点。

还有一年，她送给希汶 365 只避孕套和 12 支验孕棒，送给小美一整箱卫生巾。

这样的例子比比皆是，所以这次的名牌包包，不管是 Hello Kitty 还是海绵宝宝，对希汶来说，都已经是有生之年收到的来自 Kimmy 的最好的礼物了。

“那就谢谢咯。”希汶笑得花枝乱颤的，一会儿回过神来又生怕自己动作太大会刮花包包表面，于是动作轻柔地把包包装进防尘袋里收好，迅速拿到自己屋里放好。

新晋典型包奴。

Kimmy 哀其不争地叹了口气，眼神一瞟，目光正好落在桌上的那张名片上。

她拿起来看了看，抬头看着腾出了宽敞地方安顿好包包才肯出来的希汶问道：“乔立？就上次送你回来的那个？”

“嗯，他今天去酒店找我了，约我吃饭。”

感情动向对闺蜜尽早坦白，总归是有百利而无一害。

“哟，不错嘛，学会拈花惹草了，孺子可教呀。”

Kimmy 满意地点了点头，仿佛看到自己教出来的学生跨上了诺贝尔奖的领奖台。

“可是我不想去。”

“为什么？他看起来人挺踏实的。”

“我还没办法那么快就跟其他男人约会。”希汶的眼神黯淡下来，她不敢承认自己的心这会儿还趴在屋门口左右张望，对那件不可能的事心怀希冀。

“希汶，旧爱已经是过去式了，该放下的时候就得放下了，人总不能一辈子停在原地自怨自艾吧。还没准备好？等你准备好了，他说不定已经被别的女人带走了。”Kimmy 拍了拍希汶的肩膀，一脸早在五岁时就已看开这世上的男欢女爱的架势。

希汶再抬头试与 Kimmy 对视时，眼中没来由地布满了信徒朝圣时才应当有的虔诚，大概是没想到她能说出这么有人性的话来，以为自己已酒过三巡，正梦遇红娘，不过 Kimmy 接下来说的话，又立马把希汶拉回了现实。

“再说了，只是交个朋友而已，又不是要你跟他马上结婚。你现在最应该做的就是打破失恋的僵局，擦亮眼去看看这个世界上色彩斑斓的男人们，喜欢的话就跟他吃吃饭上上床，大家都舒服，谁也没损失。”

“不行，我只见过他两次，都不清楚他是什么人。”回归现实之后，希汶再次低下头说，“如果上完床后才发现他有女朋友怎么办？或者有老婆。看他好像常去 KTV，他唱歌比我还要难听，不应该是爱去 KTV 的人，搞不好他是个很花心的人，就是为了去泡妞的。而且如果我那么快就答应他，说不定他以为我也是很随便的人。”

“拜托……”Kimmy 无奈地仰天长啸了一声，“小姐，你还真是船头怕鬼船尾怕贼呢，都还没开始你就担心这么多干吗？你以前不是很有雄心壮志嘛，发誓说要在二十五岁前裸泳，二十六岁前剃光头，二十七岁前蹦极，二十八岁前生小孩，二十九岁前有一次一夜情……你掰着指头数数自己都几岁了，前几项已然是没有希望了，但是一夜情的机会你还有啊。”

希汶低着头不说话，心里反复回味了一下自己曾经信誓旦旦立下的誓言。

那些年的她，还只是个会把情感专家们的话奉为圣旨的无知少女而已。

以为人生真的应该活够本。

她也曾经用小石块打碎过别人家的玻璃，也曾经因为讨厌一个女生而偷偷拔掉了她自行车的气门芯，甚至曾在一个她特别不喜欢的老师的喝水杯里吐过口水。

可是时光荏苒，那些单纯到无所畏惧的日子就这样一去不复返了，林杰的事情，让她心中只余患得患失。

“你真的觉得我应该试试吗？”沉默了一会儿，希汶抬头小心翼翼地问 Kimmy。

“废话！你还真是婆婆妈妈。”Kimmy 说着，起身开始打电话，在屋子里游荡了几圈之后，她重新回到希汶面前郑重地对她说，“餐厅帮你订好了，明天晚上八点，新开的那家西餐厅，位子很难订，别人可是卖了我很大面子，爽约我就废了你。”

Kimmy 挥起手刀，做了一个杀无赦的动作，希汶吓得往后仰了仰身子。

“赶紧来帮我做沙拉。”Kimmy 边说边往厨房走，走到门口的时候，突然有些刻意地试图轻描淡写带过这样一句话，“顺便打给小美，问她晚上回不回来吃饭。”

“问过了，她说最近很忙，今晚也不回来睡了。”

看着Kimmy故作轻松的背影，希汶觉得有点心疼。

“真是的，也不早说，我还焗了蘑菇千层面给她。”

Kimmy小声嘟囔着，一边往切好的沙拉里倒了一些橄榄油搅拌着。

希汶不知道该说什么，索性走过去陪她一起忙活。

Kimmy送的Gucci包安然躺在希汶房间的衣橱里，可谁也不知道，还有一台崭新的苹果笔记本电脑，此时也正躺在Kimmy房间里，迫切地盼着小美回家，那是她准备送给小美的礼物。

小美曾经说过，她好需要一台苹果电脑来剪辑片子。

Kimmy一直默默记得。

窗外的夜色越来越深，街灯齐刷刷亮起来，为黑暗罩上一片暖融融的昏黄。

两个女孩在她们共同的家里自顾自地忙碌，悄悄惦念着一个共同的人。

## 2.

Kimmy帮希汶订的那家餐厅从开业那天起就人满为患，听说预约已经排到了三个月后。

早在Kimmy还在为公司酒会忙得不可开交那会儿，她跟小美就曾慕名光顾过这里无数次，但每次都被脸色苍白目光凛冽的服务生冷漠地拒之门外。

Kimmy 哪里受得了这样的对待，于是她动用各种关系认识了这家餐厅的经理，使尽浑身解数同经理同学搞好关系，为的就是可以随时趾高气扬地吃到这家店且不用预约。

哼，本来是想跨年夜三姐妹一起来的，现在便宜希汶这死丫头了。

不过算了，她最需要嘛。

在安排好希汶的预订后，她略有恨恨地想，心底却不由自主浮起一丝笑意。

如果不是在来这里之前被 Kimmy 反复叮嘱强调过不可以做任何丢脸的事情，那么此时坐在餐厅的希汶一定会拿出手机各种自拍然后发朋友圈。

她有些不自在，因为她觉得自己穿得实在是，太！露！了！

出发前，在翻遍了希汶的衣橱之后，Kimmy 终于还是绝望地为橱子里那些不知上进的衣服重重地关上了命运的大门。

她转身回屋，丢出一件低胸洋装给希汶。

那件衣服是希汶和 Kimmy 一起去买的，除了露得太夸张，价格也一样夸张得让人咂舌。

希汶推托了几番，最后还是在 Kimmy 不容置喙的恐吓威胁之下妥协了。

看着打扮好的希汶，Kimmy 满意地点点头对她说：

“要记住，锁骨和乳沟永远都是情场上无往不利的制胜法宝。”

临出门前希汶一个劲儿哀求，双手扒紧门框，死死抠住不肯放，眼泪几乎都要掉下来了，才被 Kimmy 允许在外面再加一件小外套。

乔立知道今天要来这家餐厅吃饭，也十分上道地穿上了一套深蓝色修身西装。

原本就手长脚长的他穿起西装来好看极了，在餐厅柔和灯光的映衬下，似是眼里眉间又平添了几分英气。

他很绅士地帮希汶拉开椅子，照顾她坐好。

他的样子看起来有些紧张，毕竟女方过久地陷入沉默，确实让这本该浪漫的首次约会，变得更类似于一个境况糟糕的情感事故现场。

“这家餐厅的位子听说很难订的，你真厉害。”为了不让场面太尴尬，乔立没话找话。

“是我一个无所不能的朋友帮我订到的。”希汶笑了笑。

话音都还没落，希汶的手机清脆地响了一声。

她拿起手机看了一眼，又迅速放下，把身上的小外套又裹紧了一些。

短信是 Kimmy 发来的，只有干脆利落的一个字：脱！

这个女人啊！她恨恨地想，我是走玉女路线的好吗！

面对着全法文的做作餐牌，两人翻完第三遍时，终于抬头互相交换了一个目光，抬手唤来服务生。

服务生身上带着淡淡的古龙水味道，穿着洁净整洁的制服，衬衫的领子非常有精神地挺立着，比起当初那家蘑菇餐厅的绿矮人，简直高出太多段数。

“听说你们的美国安格斯 Prime Grade 肉眼扒很不错，来一份吧。”这句带有太多希汶根本不理解的专业词汇合集，是她出门前，Kimmy 悉心教给她的点餐用语。

“不好意思，肉眼扒已经卖光了。”服务生一脸欠揍的表情说。

“那就意大利千层面吧。”希汶随手指了指餐牌，对服务生说，从肉眼扒掉到千层面，落差的确不小，但是没办法，Kimmy 就只告诉了她那么一个。而这千层面的词汇，是她刚刚翻出手机用辞典查出来的。

“不好意思，这个也卖光了。”服务生继续说。

“卡邦尼意粉。”

一旁的乔立也指了指菜单，可服务生却像个复读机一样又重复了一遍刚才的话。

两人又抬头互相看了一眼对方，都觉得有点尴尬。

希汶低头把目光再次放在那份仿佛跟她有仇的菜单上，那一个个看上去很熟悉却死活不认识的法文单词，此刻仿佛每个都带着一张不怀好意的笑脸，向希汶摇摆着，幸灾乐祸地说：

“哈哈，怎么样，吃不着了吧，这么 low（低端）就不要来我们这样的高级餐厅！”

希汶心烦意乱地迅速把那几页翻过去，低声骂了句德文的脏话：

“Scheisse！”

这是希汶少有的几项技能里，最让她得意的一项，那就是精通十几种语言的脏话。

“不对，我觉得 Heilige Scheisse 更能表现此刻的情绪。”乔立冲希汶笑了笑，补充道。

“你也懂德文啊？”希汶惊喜地问他。

“我代理德国厨具，能懂一点点。不过脏话和我爱你，原本就是学一种语言的必备前提啊。”

“是啊，我在酒店工作，每天都能听到不同的语言。每听到一种，我就先把脏话学起来。”希汶不好意思地笑了笑，接着说，“Arschloch！Fick dich！全是自学成才。”

她有点得意地仰了仰头。

“前一句是混蛋，后一句是……操！对吧？”

“哇，你真厉害！再教你一句，是尼泊尔语，LA DO MAGIKALA WANDT。”

两人你一言我一语，热火朝天地聊着脏话，完全不管站在一旁的服务生那张渐渐变得生硬的脸。等两个人骂过瘾了，同时也觉得餐牌之耻雪得差不多了，才又重新抬头看了一眼还站在那里的服务生。

原本已经烦躁到要翻桌的服务生，俨然已经意识到这两位不是什么好惹的主儿。

他上道而迅速地换上了职业化的僵硬微笑，恰到好处地露出了洁白的八颗牙齿。

希汶指了指菜单，刚想问这鬼餐厅到底还有什么，眼睛的余光却扫到了刚刚走进餐厅的两个人。一瞬间，仿佛慢镜头播放，背景虚化，四周的一切都是黑白、静止的，唯有二人脚步声渐大。

那一刻的希汶就像是被闪电劈中的倒霉鬼，从头麻到脚。随着二人的步步逼近，她的灵魂也在一点点被抽干。

那是对她来说再熟悉不过的身影，即便丢进八万人体育场，她也能毫不费力地找到他。

因为在希汶眼里，这个人永远都是闪着光的。

这个人，如果不是林杰，又会是谁呢。

林杰牵着贝贝的手，踩着希汶的心，正缓缓地朝这边走来，每走近一步，那颗心就疼一下。

希汶的小世界的时间，仿佛瞬间被命运的大手调整成了慢进模式。

她就如同一个上了绞刑架的死刑犯一样，感受到了一种漫长的绝望。

她从没有像现在这样，如此迫切地想要逃离林杰的视线。

她怕极了这种物是人非的重逢。

拿不准自己，猜不透对方。

自己的世界历经斗转星移、白云苍狗之变，只怕对他而言，不过寻常半日间。

可她的目光，却还是没办法从他身上移开。

这些天不见，林杰好像瘦了一些，脸上的棱角更分明了。

这张脸和这段时间以来希汶心里的画像已经重叠不上了，贴着左边合不上右边，迁就上面，下面又不对了。

怪不得林杰吧，都怪那画像似乎是皱了，怎么也铺不平了。

患得患失是种病，希汶已经染上了。

她想知道，除了此刻咫尺天涯的自己，他的其他贴身物件是否也都经历过了一场场痛不欲生的更迭替换？

但一眼望去，一切如常。那些希汶所熟悉的东西，在那个已将她驱逐了的世界里，相安无事。

除了希汶的爱情，他身边再没有其他物件遭难。

他穿着一件米色的风衣，那是以前希汶给他买的。

希汶记得自己第一次看见这件风衣就爱上了，她无数次站在橱窗前观赏，想象林杰穿在身上英姿勃发的样子。

犹豫了小半个月，她才一咬牙狠心买了下来，用掉了自己整整两个月的薪水。

买到的当天，希汶整晚都穿在身上，她说她要在这件衣服上留下自己的味道，这样每次林杰穿它的时候，就好像被自己紧紧抱着。

她不知道，自己的味道此刻是否还在，还是已经辞旧迎新，换上了更新鲜的。

旧爱都那么容易就被遗忘了，更何况是风一吹就散了的味道呢。

希汶有些悲凄地想。

看着希汶突然变得有些苍白的脸，乔立顺着她的目光看过去，瞬间明白了什么。

他转过头看着希汶，身子向前凑了凑小声地对她说：

“不吃了，我们走吧。”

希汶感激地看了一眼乔立，使劲儿点了点头，慌慌张张地站起身。

可是由于动作太大太猛，结实厚重的椅子摩擦地板发出了尖锐的响声，这声音在这安静的餐厅里，显得格外突兀。

完了。

她小心翼翼地抬起头，不远处的林杰正看向她，又看了看她对面的乔立，脸上是希汶读不出的表情。

乔立却带着笑走到希汶身边，脱下自己的外套给她披上，然后迅速地拉起希汶有些颤抖的手，经过林杰，经过长长的走廊，走出了餐厅。

希汶觉得自己仿佛曾受困于荒岛，与人世隔绝了十几年，刚被救回文明世界。

否则没有理由解释，为什么会这样遇到林杰，为什么用简单的双眼看他已经那么复杂，为什么他手里有另一个她。

她宁愿相信关于荒岛的种种臆想，顺理成章，未有不妥。

而“分开”始终听起来荒诞到不成立。

希汶很想回过头去再看一眼林杰，看看他在重逢时究竟是波澜不惊，还是跟自己一样手足无措。

分手之后的每一次见面，也许都会是最后一次。

这城市很小，小到你即便是下楼丢个垃圾也能撞见一个超过十年未见的同学或者朋友。

而这个城市有时候又很大，大到你纵使想尽任何办法，却总不能与你想要遇见的人擦肩而过。

离开林杰的这些日子里，希汶一直都很怕。

怕自己再也见不到林杰了，更怕再见到他时，看见的只是满脸曾经沧海的冷漠。

在被乔立牵着离开现场的过程里，她是多么想回头再看一眼。

然而孬种如她，最终还是没有，她不知道为什么，也许是身边的乔立给了她力量?

外面刚刚下过一场不大不小的雨，地面有些湿润，空气很冷。

希汶低着头一边走，一边看着鞋尖上溅到几颗小小的泥点。

她忽然意识到自己的手还被乔立牵着，急忙抽了出来。

乔立看了她一眼，体贴地不作声，只是有些腼腆地笑了一下。

又沉默地走了一段路，如果不是乔立开口说话，希汶或许可以想着林杰的事，就这样一路踩着泥，走完一生。

“我觉得，他配不上你。”

“什么？”希汶只想这样一直走，身旁传来的这句话拽住了她，有些始料未及。

“如果我没猜错，那个人是你以前的男朋友吧？”

希汶的嘴角扯起一丝惨淡的笑：“不只是男朋友，还是未婚夫。如果我们没有分手，那下个月就结婚了。”

她抬起头，深深地吸了一口空气中湿润的泥土的味道。

天空已经恢复了晴朗，缀满了一颗颗闪烁的星星。

雨过天晴，天空有种神秘而幽深的蓝。

她的眼前又一次闪过林杰牵着贝贝的画面，觉得这个场景很眼熟，却怎么也想不起是在哪里看见过。

“其实我结过一次婚。”乔立也抬起头看着天空，像是自言自语一样继续说着，瞥见身边希汶瞠目结舌的样子就知道，这句话终于暂时给她脑子里那个来来回回的林杰按下了个暂停键，“三年前离了，她一直跟她的前男友保持联络，甚至瞒着我跟他去旅行，可我却还是爱她。我其实知道她当初嫁给我，只是为了气她前男友，但是我不在乎，我以为只要用心去爱，就能感化一个人，让她也爱我。可惜最后还是不行，我输了。”

“你们分开后，日子一定很难熬吧？”此时此刻的希汶，忽然好懂乔立。

“是啊，每天都想她，想丢脸地去找她，求她再试试，再给彼此一次机会。可是理智告诉我，不能这么做。她走之后，我差不多半年没有出过门，连工作也丢了。朋友们都说我傻，说我太执着太盲目，可我觉得爱情本来就应该是一件让人奋不顾身的事情，不是吗？过了一段时间，我渐渐想清楚一件事情：坚持爱一个人没有错，只是并非每个人都值得你爱。强求没有用，既然不是你的，就应该尽快放过自己，也放过别人，你觉得呢？”

乔立说着，把目光移向希汶，那眼神，是时过境迁的温柔。

希汶有点感动，她很感谢乔立与她分享自己的故事。

乔立说得没错，爱情本来就是一件让人奋不顾身的事情，全心全意地去爱，或者全心全意地去放弃。

不论最后结局如何，至少在爱情里面，都应该成为那个问心无愧的人。

等到多年以后我们再回忆起这段往事，能拍着胸脯自豪地说，我曾经不遗余力地爱过，这样，就足够了。

希汶突然好像明白了一些事情，她对乔立笑了笑说：

“好谢谢你今天晚上为我做的一切。这顿饭改天再补，我请客。但是现在，我想一个人静一静。”

“我明白的，如果你想要找人陪，随时可以打给我。”

乔立拿起手机，在希汶眼前晃了晃。

“嗯。”希汶点点头，把身上乔立的外套脱下来还给他，转身拦了一辆出租车。

车子发动，轮胎摩擦地面发出唰唰的响声。

乔立看着出租车离开的方向，一个人在路边站了好久。

人总是懂得爱情的复杂，看来的，听来的。

总有人给你演绎着它的张牙舞爪，所以那么多人害怕。

可怕归怕，你却总会被某个人的某个眼神，剥去羞赧，还是飞蛾扑火般去了。

独独被抓伤了的人才知道疼，就算好了还会有疤。

如果还有下一次，谁会再铤而走险。

可爱情的魔力，实在太过强大。

原初把某个人视为信仰，这一次应当把爱奉为执念。

乔立是这样决定的。

车上的希汶一直忐忑地握着手机，惨白的屏幕上，是一条还未发出的短信，上面写着：可不可以见个面？我在你家楼下等你。

片刻之后，希汶深吸了口气，按下了发送键。

短信发送成功，跳跃到屏幕中间，收件人是林杰。

是时候做个告别了，林杰，希汶想，哪怕是为了那些爱着你的时光。

## ___ 3.

在这座新年将至的南方城市里，刚下过的一场雨，为夜晚裹上了一层冰凉的寒意。

昏黄的路灯底下，希汶紧紧抱着肩膀，在一阵阵吹来的寒风中瑟瑟发抖。

本想用掌心温一温冰凉的鼻尖，却发现两者相差无几。

希汶曾无数次地描画过最后一次见林杰的场景。

房间里有温暖的阳光从落地窗倾泻而下，铺在木地板上，光着脚踩上去，脚窝和心头都是热的。

米黄色暗花的床单，自己散开的长发在枕头上还保持着完美的形状。

她在恰到好处的时间苏醒，林杰推门进来，不轻不重地握住自己的手，同时他眼底的疼惜也包裹住了自己，裹得那么用力，似乎是要把自己揉进他的灵魂里。

就这样被林杰看着、爱着，闭上双眼。

最后的画面是你，下一世我才会知道，我要寻找的，还是你。

未曾预料，等不到那个夏日的午后，先误探了这个冬夜的萧索。

她拿出手机看了看时间，十点刚过。

算起来，她已经等了一个多小时。

隔着一条窄窄的马路，希汶呆呆地看着对面林杰家一片黑暗的窗户，就像看着电影院里的巨幅屏幕，而上面，正播放着当初他们在里面发生过的，所有亲密无间的点滴。

透过玻璃窗，希汶仿佛看见房间里林杰洒满阳光的笑容，还有自己正站在厨房为他认真煎牛排的背影。

茶几上摆满了大红色的喜帖，林杰低头写完最后一张后站起身走过去，从后面抱住她，把脸轻轻地埋在她的肩膀上对她说：结婚好累哦，不过还好有你在我身边。

真是一场好戏。

希汶默默地有些想笑，可泛到心头，却尝到了戏谑的苦味。

她迅速地切断回忆，因为她知道，这场电影的最后，他们会各自挽着不同的人的手，朝着不同的方向越走越远，再也回不了头。

不认不认还须认，此时此刻，她摊开手心接受命运，却也想最后掩耳盗铃那么几秒。

楼上有几户人家的灯熄灭了，夜色越来越浓郁。

希汶终于听见远处传来一阵急促而熟悉的脚步声。

她侧脸去看，看见林杰的剪影在朦胧的灯光下变得渐渐清晰起来。

“对不起，让你等了这么久，贝贝她……”林杰吞吞吐吐的。

“没关系，现在她才是你女朋友嘛，你应该先陪她的。”

希汶努力抽动了一下脸上被冻僵的肌肉，挤出一个轻微的笑容。

她想起以前总会因为林杰迟到而大发雷霆的那个自己，却在这个清冷的晚上，给了他最卑微的原谅。

林杰看着希汶已经冻得通红的脸，有些心疼。

他快步走过来，脱下身上的风衣给希汶披上。

“冻坏了吧？这么冷的天，你应该多穿一点。”

看着林杰娴熟的动作，听着他依然像以前那样对自己说着话，希汶的眼眶涨得生疼。

那一下，她以为自己可以就势挽住他的手，继续共他走完剩下的路程。

在短暂又漫漫的未来，一点点收集并珍藏他的生活和习惯，就算还不懂得爱，却能赠予他余生无虞的平淡陪伴。

或许自己没有他要的那种温婉，但他会理解那份自然。

只随手那一下，就这样带出了希汶对一生的构想。

这就是林杰对于希汶的全部意义。

上面的味道真的变了，希汶看着身上的衣服，闻到一股陌生味道。

希汶忽然恍惚了一下，她在想，会不会有那么一天，自己拼命存留的林杰的气味，即使不像这样被什么别的掩盖，却也还是消散掉，寻也寻不回。

“这些天你还好吗？”希汶的声音淡淡的，像是飘在远方的一片云一样轻。

“我挺好的，你呢？”林杰的声音，什么时候变得这么陌生了。

希汶的眼神黯淡下来，她不希望他过得好，在没有彼此在身边的日子里，被折磨到水深火热的人，不应该只有她一个。

这是希汶心里最微茫的那一点点自私，哪怕林杰说个谎骗骗她，都能让她心里稍微好受一点。

可另一方面，她又希望他好，她比全世界的任何一个人都希望他好。

很矛盾是吧？

可是，这就是爱啊。

“我不好。”希汶说。天太冷，她的声音有点颤抖。

“希汶，对不起……”林杰觉得很难过，风把希汶的刘海吹乱了，林杰抬手想要给她整理好，但抬到一半，又犹豫着收了回去，“其实这些天，我一直都很想找你聊聊，但是一直不知道该怎么开始。”

“所以我今天来找你了。林杰，我一直都比你勇敢。”

希汶微微扬起下巴，假装得意地对他说。

可希汶心里又何尝不懂，无论是开始还是现在，那都不是勇敢，而是因为她太爱他。

林杰没说话，只是轻轻地点了一下头。

他从不否认在这段关系里，自己是被动的那一个。

他是如此谨小慎微的人，连爱都那么小心翼翼，生怕一个闪失，就会失去很多他认为重要的东西。

他从来都没有告诉过希汶，其实那年开学时他第一次看见阳光底下拖着大包小包行李的她，就已经喜欢上她了。

很多个日日夜夜他都会忍不住想起那天希汶胆怯狐疑地跟在他身后的样子。

他会笑，会想念，会把这一幕写进日记里，刻在心里。

却死活都不肯迈出那一步，跨过那条心动的线。

因为他怕被拒绝，更怕被拒绝后这个原本鲜活的画面变得暗淡无光，直到希汶跳出来向他表白。

那一天对他而言，是当下的狂欢和未来的庆典。

“是真的像你上次说的那样，只是因为我对你好才一直跟我在一起的吗？就从来没有对我产生过哪怕一点点的爱吗？”

看林杰没说话，希汶又问。

说这句话的时候，她的声音颤抖得更厉害了。

她笑着，眼角却聚满了泪。

“如果我不爱你，我为什么要跟你在一起这么多年呢？”林杰好看的唇，轻轻地颤抖着，“我原本也以为，我只是被你感动着。但这些天我想了很多，才明白我爱你已经变成了我一直没去注意过的习惯，变成我身体里割舍不掉的一部分。”

“为什么我们会变成这个样子？既然割舍不掉，为什么你不能再继续爱我，哪怕很浅的爱也好，或者只是喜欢也行，你有这么多条路选择，为什么偏偏要选择离我而去呢？”

希汶的声音微微颤着，她憋了那么久那么多的话，终于以一种最没有出息的方式，全部讲了出来。

“因为我累了。”林杰轻轻按住情绪快要崩溃的希汶的肩膀，“希汶，这些年来，我一直都觉得我只是活在你的计划中。你大学一毕业，就开始计划我们要在二十八岁结婚，三十岁生小孩，五十岁退休环游世界。你总是在计划，而我只是要完成的这些计划的一个部分罢了。有时候我真的好想带你去好一点的餐馆吃饭，可你总说外面吃饭太贵要省钱，因为我们一定要到巴黎度蜜月。前年我被公司裁员，你却坚持要买房子准备结婚，那时候我压力大到每晚要把自己灌醉才睡得着。可你却说我颓废，说我没出息，说我没有尽全力去找工作……”

听着林杰的话，希汶的眼眶里堆满了泪水。

她自以为自己足够熟悉林杰，不需要靠眼睛来描绘，他都会永远是清晰的。

可现在这些泪水却真的让林杰的样子变得模糊起来。

她的身体被迎面吹来的一阵寒风紧紧包裹住，寒冷从皮肤细密的毛孔中渗进去，一直冷到心脏。

希汶很想大声地告诉林杰她愿意改，愿意无条件地配合他，只要他们还可以继续在一起。

可心中聚集的悲伤如同一块卡在喉咙的糯米糍，严丝合缝地堵住了她的喉咙，让她发不出任何声音。

只有她自己，能在此刻清楚地听到来自胸腔的巨大的悲鸣声。

她等待着自己缓过劲儿来，号啕大哭或就地打滚，她以为自己一定不肯就这样松开手。

她等了很久，才发现等不来这样一个不肯就范的自己了。

“我们，是不是再也回不去了？”怯生生地，希汶轻声问林杰，然而这个问题，她心中也早已有了答案，只是她心里还有那么一束微弱的、期待奇迹的火光，在大面积的黑暗中倔强地燃烧着，直到她看见林杰郑重地摇了摇头。

当初林杰点燃的，曾经带希汶穿越风浪的光，被林杰亲手扑灭了，希汶的世界陷入一片浓重的黑色。

她的眼泪终于还是落下来了，滴在那件米色的风衣上，这也许是她留给林杰的最后的印记。

林杰向前迈了一步，将希汶轻轻拥进怀里，抚摸着她柔顺的头发，任由她在自己怀里哭泣。

“离开你，我也一样心痛。”林杰自言自语般轻声说，“只是，我们不能就这样过一生，对你太不公平。”

爱情里哪有公平，只有对方决定在你撑不下去的时候放开你。

而如今，他们都撑不住了。

哭声持续了很久，终于慢慢停了下来，希汶待在林杰温暖的怀抱里，这曾经是她最喜欢待着的地方。

而此刻，这最熟悉的地方，却就像一栋即将易主的房子。

从此以后，她都没有机会再来了。

“你还记得我们第一次拥抱吗？也是在冬天，也是在一棵树旁。”希汶闷在林杰怀里，小声地说。

“记得，那天你穿了一件白色的毛衣，我还记得，大二那年我们没钱回家过年，连吃饭的钱也不够，只能分吃一包方便面。那年冬天特别冷，我们只有一床棉被，每次睡觉的时候都要抱在一起才够暖……”

林杰点点头，那些回忆里的片段在他的脑海中一点一点放映。

彼时的一点相濡以沫，就仿佛拥有了全世界的欢欣。

只是，那是旧时光里的希汶和林杰，而非这时空中，即将分离的两个人。

“谢谢你林杰，谢谢你记得那些珍贵的回忆，也谢谢你爱过我。”话说得气若游丝，在两个人的耳朵里却响得那样笃定。

“我不会忘了那些事情，就像我不会忘了你一样。”

希汶从林杰的怀里出来，认真地看着他，她要用力记下林杰的样子。

她要在以后每次想起他时，脑海中都能清晰地浮现出他的脸。

“我要走了。”

希汶擦一擦眼角，笑着把风衣还给林杰，露出雪白的牙齿，故作轻松地对林杰说。

“我送你吧。”

“不用了。”

希汶擦过林杰的肩膀，大步朝前方走去。

这一走，一世都不能回头。

往前走了几步，希汶突然想起来了，当时餐厅里那个熟悉的背影，跟当初她去机场给林杰送护照时“幻觉”里的背影一模一样，于是她停下脚步，却没有转过身来，语气平静地问：

“那次在机场，你身边的那个女孩，是她吗？”

“是。”林杰没有否认。

希汶忽然笑了，心在那一刻，变得好释然。

这样就够了，她想，这个男人，终于亲手为这段感情的尾声画上了一个最圆满的句号。

他没有骗她，事实上，这么多年，他从来都没有骗过她。

林杰永远都是个诚实的人，无论经历了多少世态炎凉，在希汶面前他始终都单纯地说着实话。

希汶记得自己曾无数次被林杰的实话激怒，可这一次，她却是心怀感激的。

“希汶，”林杰接着说，“你要好好的，要找到一个比我更好、更懂得爱你的人。”

“嗯！我会的。”

希汶重重地点了点头，然后继续大步向前走去。

她答应过自己的，果然没有回头。

林杰看着希汶离去的背影，跟当初她向他表白后离去的背影一样悲壮。

可是林杰却永远不会知道，这个背影的前面，不再是当初的面红耳赤慌里慌张，而是一张被泪水浸润却强撑出来的笑靥。

这就是希汶六年感情的最终结局，尽管最后与她牵手终老的人不是林杰，但起码在爱的时候，他们势均力敌。

他们都全心全意地爱过彼此，用那种爱情里应该有的奋不顾身的姿势。

他们就像一对并肩坐看人生繁华的看客，只是林杰先站起来中途离场罢了。

希汶释然了，她原本以为自己是受伤最深最重的那一个。

但事实上，他们谁都没能全身而退，背叛和离弃，一样痛。

起码对她和林杰来说是这样的。

他们曾于浮世中抱头鼠窜，直到四目相接，二人才变得勇敢。

就这样没来由地，他们忽然学会了背身而立，要为身后人平尽纷乱。

可此时的希汶却是遍体鳞伤。

她这才发现，自己身后空空，所回护之人业已远走。

这一转身，天崩地陷。

她漫无目的地走在空旷的马路上，不知不觉竟走到了当初他们第一次拥抱的那棵树下。

希汶伸手摩挲着粗糙的树皮，滚烫的眼泪，沉默着，不由自主地顺着脸颊流下来。

“林杰，你永远都不会知道，我从来没有后悔爱过你。我对你的爱，远比你想象的要深刻得多。”

希汶轻声说。

接着，她靠着树大声地哭起来。

雨不知什么时候又开始下了。

天，仿佛也在陪着她一同流泪。

林杰，让我最后为你哭一次吧。

过了今天，你也会变成旧爱，变成回忆，变成我心底永远不会再触碰的一道淡淡的疤。

撒手放你走，各自高飞后，我答应你，我会忘记那曾相约定的、存放幸福的楼宇。

我不去那里落脚，请你也当作我从不曾偷偷去那里等你或停留。

我爱你。

我恨我爱你。

为了不让那些恨，抹去过去的美好，我终于决定，不再爱你。

## ___ 4.

转眼就快到新年了，在这个四季不明常年温暖的南方城市里，时间好像过得特别快。

这一年的最后一天，希汶终于还是没扛住那天晚上衣着单薄地四处游荡，病倒了。

前几天还只是有点鼻塞时，她还拍着胸脯向 Kimmy 保证，一定能在跨年夜重新活蹦乱跳起来，即便不能，也会舍命陪君子陪她去参加那场声势浩大的跨年派对。

这是希汶的老习惯。

她对感冒有种独特的免疫力，无论病情有多凶残，也一定会在重大事件来临之前无药自愈。

在摸清了自己这种壁虎般的自愈功能之后，她也就毫不在意地常常带着自己的鼻涕眼泪上天下地除旧迎新。

可今天，当她从床上站起来就立马感觉头重脚轻眼前一片黑暗时，她顿时明白，自己今天哪儿都去不了了。

希汶盖着一床巨大的被子躺在沙发上，气若游丝到仿佛随时会晕过去。

电视里一片欢天喜地，报道着今天各处的各种庆祝活动，与此时蔫黄瓜一样的她形成了巨大的反差。

Kimmy 已经换了第五套衣服，站在镜子前面仔细斟酌着。

从镜子中，她看到憔悴成一条风干丝瓜络的希汶，再次长长叹了口气，走过来换了一块冰镇好的冷毛巾，给希汶敷在额头上，转身回房去了。

再出来时，她身上换成了一件露背的礼服。

希汶病恹恹的，却还是不禁被 Kimmy 的拼命震惊到了，硬撑着精神惊叹："你也太夸张了吧，要不要那么拼，今天有寒流耶。"

"寒流来了会走，走了还会来。但是美貌如果走了，就再也回不来了。我如果不趁着还有资本的时候挥霍一下，等我老了丑了，再露背还会有人为我垂涎吗？" Kimmy 一边说着，一边从药箱里七挑八拣地找出一瓶药，仔细看过药瓶上的文字后，数出几颗药递给希汶，趁着希汶吃药的工夫顺手摸了摸她的额头："还是很烫，不然我还是不去了，在家陪你吧。"

"不用，你走你的，我还没虚弱到不能自理的程度。"希汶伸出一只手豪迈而用力地向 Kimmy 挥了挥，以示自己尚能独自存活。

"你也是的，去找林杰非要挑个大冷天。" Kimmy 心里暗暗叹了一口气，又轻手轻脚地给她换了一块毛巾，"你一个人？不会又要干什么傻事吧？逢年过节你们这类人的心可是最脆弱的时候。”

Kimmy 凑到希汶面前，满脸写着“忧虑”。

她想到希汶变傻的那些日子，心里的担忧就更浓了。

“不会啦！”希汶怕传染 Kimmy，用手掌罩住她的整张脸，把 Kimmy 推得远远的，“其实静下来想想，我跟林杰的感情早就淡了。不想失去他很大程度是因为我不想重新开始，现在一切都结束了，反而觉得轻松了很多。过了今晚，所有的事情都会有个新的开始。”

“真的准备好了？”Kimmy 仍旧丢过一个“骗人的吧”的眼神。

“嗯，我有预感，明年我一定会过得很快乐。”

希汶说完，脸上绽开一个灿烂的笑容，她已经很久没有这样笑过了。

彻底挥别林杰的那个晚上，给她带来了整颗心碎裂般的剧痛，也带来了难得的清醒。

不管是为了 Kimmy、小美、一切关心她的人，还是仅仅为了自己，她都应该真的好起来。

上天有灵，这样一个安分谦卑的愿望，应该能够听得到吧。

“回屋睡会儿吧。”盯着希汶看了一会儿，Kimmy 终于点点头，把倒好的温水和药都准备好，递到她面前，“记得睡醒之后再吃一次。”

穿着华丽晚礼服的 Kimmy，此时就像童话里走出来的公主，用一颗善良的心感化着她的子民希汶。

希汶有点不相信自己的眼睛，她使劲儿晃了晃脑袋证明自己没有发烧到出现幻觉，在她的记忆里，Kimmy 从来没有如此贤惠过。

在 Kimmy 的三观里，她一直认为人生不能活得太矫情，尤其是作为女人。

虽然出身富贵披金戴银，但 Kimmy 从小就没有娇滴滴的公主病，不管是发烧还是痛经，她都依然会化好妆，穿着低胸礼服风姿绰约地穿梭在各大派对。

她经常看不惯小美和希汶因为一点点病痛就窝在被子里叽叽歪歪，仿佛这点小病也是一生一次，一次一生。

每当这时，Kimmy 都会摇着头恨铁不成钢地说：看看人家张海迪、霍金、海伦·凯勒，再看看你们自己，不觉得羞耻吗？

可是今天，她不但任由希汶在沙发上病歪歪地躺着，还照顾得如此无微不至到堪比金牌月嫂，这让希汶忍不住感到一阵毛骨悚然。

不过，伸手不打笑脸人，而且希汶知道，要是此刻她提出什么疑问，惹来的一定是 Kimmy 的一顿臭骂。

于是她乖乖地抱起厚重的被子缓缓向房间移动着。

被子遮住了希汶的视线，Kimmy 迅速转移到沙发旁，偷偷拿起希汶的手机，整套动作干净利落，一气呵成。

她走到客厅的一个角落，迅速查找着什么，手指在手机屏幕上飞速地敲击着。

## ___ 5.

希汶睡了漫长而舒适的一觉，她又梦见了林杰。

梦里，林杰坐在她的床边，一次一次帮她更换着额头上的毛巾，眼神温柔得能掐出水来。

他冰凉的手轻轻地碰了碰她的脸颊，确认她是不是依然还在发烧。

而她心安理得地躺在床上，嗅着林杰给他煮好的皮蛋瘦肉粥那浓郁的香气。

等一下，皮蛋瘦肉粥。

梦里的香味勾起希汶肚子里的馋虫，肚子咕咕叫了两声，她害羞地用被子蒙住脸，咯咯地笑了。

只不过，有点蠢的是，这一笑，竟把自己笑醒了。

希汶慢慢地睁开眼睛，嘴角还挂着梦里的笑容。

心中忽然袭来一阵空，虚虚的，让人有种焦灼的心慌。

出现在眼前的，终究只是空荡荡的天花板，而不是林杰。

希汶垂下眼帘，心情莫名地低落了一下，但只是一下，这种下坠的感觉就被打断了。

因为她闻见空气中的的确确飘着粥的香味。

是谁?

希汶一个激灵，出了一身冷汗，噌一下从床上迅速坐起。

乔立正以一个别扭的姿势站在不远的地方，惊讶地看着她，手里还拿着一块崭新的白毛巾，结合当时的情景，显然是在煮粥的过程中顺便擦了擦手。

而在希汶此时危机感爆棚的眼中，这跟作案后毁尸灭迹清理现场的凶手也有几分相似呢。

“你怎么会在这里?！”

希汶下意识地把被子紧紧抓在胸前，但由于刚刚起得太猛，她眼前一黑，脑子里晕乎乎的，像是有人转着圈开起了过山车。

“赶紧躺好，别乱动。”乔立看希汶微微摇晃了两下，急忙上前扶希汶重新躺下，细心地为她掖好被角，“不是你发短信让我过来的吗?烧傻啦?”

“我?”在那一刻，希汶确实自我怀疑了一下。

乔立点点头，把手机递给希汶。

“我生病了，好难过哦，你可以来看我吗?我想喝粥。地址你知道，是上次你送我回来的那里。”

再看一眼发件人，的确是希汶。

“死Kimmy！”希汶低声骂道，咬牙切齿地秒懂了。

这么矫揉造作的短信，天上地下也只有Kimmy发得出来。

大学一年级那年，希汶在苦兮兮地暗恋林杰的同时，也有外系的男生向她示好。

彼时林杰的态度还不明朗，Kimmy这个经验老到的情场浪女怕希汶两边扑空，但希汶在这种事上偏偏是单细胞生物，想也不想地扼杀了Kimmy建议她双线发展的设想。

那一日，小美去参加学校的社团活动，Kimmy也突然"失踪"，希汶一个人无聊，又去了图书馆的自习室，等待时机制造跟林杰的"偶遇"。

坐下没多久，就听到走廊上急促的脚步声由远及近地传来，在自习室门口止住。

那个人踩上地毯，带出轻微的沙沙声，最终在自己身边停住了。

希汶奇怪地抬起头，却发现正是外系男。

他咧开嘴笑了一下，一脸的期待中混合着羞涩，问："等很久了吧？"

希汶被这一问弄蒙了，从外系男的讲述中，她才渐渐明白，原来自己到了图书馆不久，Kimmy就找到外系男，给了他一张字条，说希汶在图书馆等他帮忙补习英语。

美人有难，自认为是英雄的外系男自然喜不自胜，颠儿颠儿地就赶来了。

男生把字条递过来，希汶展开来看，差点被上面的话酸得胃抽筋，最绝的是，字迹居然真的像她！

希汶甚至可以想到，Kimmy 是怎样以她那舌灿莲花的功力得到了外系男的信任。

而这种内情，自然是无法跟外系男解释的。

希汶虽然恨得牙痒，却也不得不真的跟外系男补习了一小时的英语。

其中的尴尬，现在想起来都觉得无地自容。

最后，多亏了不明内情的小美打来电话问她们死到哪儿去了，希汶才仿佛被大赦天下一样，趁机得以脱身。

希汶回忆着这段不堪回首的往事，突然豁然开朗。

怪不得 Kimmy 今天一反常态，无事献殷勤！

“果然非奸即盗！”希汶含着恨意，小声地嘟囔了一句。

“什么？”翻版外系男乔立不明所以地问，显然不了解其中的猫腻。

“没什么。”希汶尴尬地笑笑，把手机还给乔立。

乔立并没有多想，很快地把话题转移到自己关心的事情上：“饿了吧？刚才我都听见你肚子叫了。粥凉了，我给你热一下。你没说想喝哪一种，所以我每样都买了，你看你要喝什么？”

希汶闻言，扭头看向桌子，上面整齐地摆满了一排装粥的纸盒，每一碗上面都贴着一个标签，上面写着粥的名字。

她想要下床，乔立却张开双臂，像老鹰捉小鸡那样拦住了她。

“你别动，我刻意写了字条贴上的，就是为了让你看着方便，就像点菜一样，多好玩。”

乔立得意于自己的小巧思，脸上绽放出灿烂的笑。

希汶不想扫他的兴致，于是随手指了一个。

乔立一下子兴奋起来，端起其中的一碗问：“是这个吗？”那份难掩的雀跃之情如同幼儿园的孩子，得到了一朵傲人的小红花。

希汶仿佛被他的情绪感染，也不由自主地笑起来，点了点头。

乔立很快拿起她指的那碗粥，步伐轻快地走出了房间。

原来刚才的一切都不是梦，只是做这些事情的人不是林杰，是乔立罢了。

林杰，怎么又想起你了呢？

希汶看向窗外，天色已经很暗了。

她看了看表，已经十一点多了，自己竟然睡了这么久。

她摸了摸自己的额头，不烫，好像已经退烧了。

这样很好，可以健健康康地迎接新的一年，希汶想。

她起身下床，走到窗户边把窗帘拉开，外面灯火通明，街上聚满了人群，他们都在等待着辞旧迎新的那一刻。

十二点一过，这一年就跟我们永远地挥手告别。

这一年里发生的事情，擦肩而过的人，也会永远凝固在旧时光里。

时间永不回头，这其实是这世间最残忍的事情。

希汶以前总是不明白，为什么人们这么喜欢新年。

和过往的岁月诀别，应该是一件很难过的事情才对。

不管这一年过得好或者坏，却不得不告别，她的生命中，有太多不舍。

但如今的她终于明白了，有很多事情，的的确确是需要一个崭新的时间点来祭奠的。

挥别过去，才能遇见未来。

窗外已经有零零散散的鞭炮声，侵蚀着夜晚本该有的宁静。

希汶不知道在窗边站了多久，乔立推门进来。

她回过头，看见他手里的托盘上，放满了碗盘和瓶瓶罐罐。

“你怎么起来了？”乔立把托盘放在桌上，急走两步过来扶着希汶坐到床上。

“我已经好多了，想站起来走走嘛。”希汶探头看着桌上的盘子，指了指，“这都是些什么呀？”

“跨年大餐啊。”乔立把托盘端过来，开始一一介绍，“香蕉有维生素B，可以提高免疫力。梨子和西瓜可以解热，喝完粥，再喝一杯热姜可乐，就会睡得很香。以前我每次感冒我妈都会煮给我喝，很奏效。”

乔立把盘子端得离希汶更近了一些，以便让她可以仔细观赏。

希汶低下头去看，乔立望着希汶垂在自己眼前的刘海，眼神都变得柔软了。

从小到大总结出来的小窍门，他全都搬了出来，却还嫌不够，特意大费周章地去问了当医生的朋友。

“感冒而已，多喝水多休息就好了，不值得搞这么多啦。”朋友在电话那头说。

值得啊。

他想，能让她快点好起来，能让她笑一笑，就值得了。

只是，希汶再抬起头来的时候，他看到的是她的眼泪，已经堆满了整个眼眶。

“怎么了？不舒服？要不要我给你叫医生？”

看见希汶的样子，乔立全身一抖，慌张地把手中的东西放在桌子上，由于放得太匆忙，桌上的摆饰倒了一片，发出一长串叮叮咚咚的杂乱声音。

希汶泪光闪闪又充满感激地看着乔立担心惊慌的样子，一股暖流从心底涌上来：“我没事，谢谢你。”

“少来，你这个人太嘴硬了。”乔立有些不相信，他摸了摸希汶的额头，又摸了摸自己的，确认温度差不多后才松了口气，转身去收拾桌子上碰倒的东西。

“你为什么要对我这么好？我们明明才见过几面。”希汶用手背去擦自己的泪水，暗骂了一句不争气。

“我也不知道啊，可能上辈子欠你的吧。而且，我做的都是小事啊。”乔立一边笑着回答，一边正认真地把一排碰倒的俄罗斯套娃从大到小依次排列好。

那套套娃是以前林杰出差时带回来送给希汶的，从大到小一水儿清新的粉色。

最小的那只是个襁褓中的婴儿，最大的那个是斗篷里的老太太。

林杰说这是一个女人从出生到衰老的过程，他曾指着其中一只对希汶说：“我是从你的这个时期认识你的。”

接着他又指着最后那个说：“我要一直陪你到这个时候。”

回忆再次如汹涌的潮水一般，涌进希汶的脑子里。

她看了看挂在墙上的时钟。

算了，还有十几分钟就是新年了，那就让自己再放肆地怀念一次吧。

过了今夜，这扇记忆的门将会被她狠心地用力关上。

就像是储存在电脑软盘里的文件，不删除，但也永远不会再打开。

直至有一天，它失效，再也读取无能。

“不是小事。”希汶把目光移开，回到现实中来，望着乔立，“我不开心你逗我笑，陪我喝酒唱歌，我想不通你开解我，连我生病你也这么照顾我，我得谢谢你……”

“其实我才想要谢谢你。”

乔立摆好桌上的东西，转过身在床边的椅子上坐下来，认真地看着希汶说。

希汶有些摸不着头脑：“谢我什么？”

“谢谢你那天在KTV进错了房间，谢谢你在唱歌的时候唱得那么投入，我以为我已经够执着，没想过原来有人比我更厉害，谢谢你给我陪伴你的机会，没有拒绝我这个死缠烂打的愣头青……你知道吗？离婚后这三年，我都没有主动认识过女生。但认识你之后，你让我的想法改变了，我想再冒一次险……”

乔立说着，慢慢靠近希汶，动作轻柔地伸手整理了一下她有点凌乱的头发。

希汶有点不知所措，腼腆地低下头，她已经有点记不清上次有男生跟自己表白是什么时候了。

大概是大学她跟林杰在一起的第二年，一个同班的男生递了一封情书给她，那时的希汶刚好是同林杰最好的时候，她看着信封上面画着的幼稚的红心，立刻把信还给了那个男生，并且满脸幸福地对他说：“同学，谢谢你。但是我有男朋友了，而且我很幸福，你也要幸福哦。”

从那之后，再也没有人向她表白过。

原来被人喜欢的心情是这样的，希汶想。

看希汶低着头沉默，乔立以为自己有点操之过急了，急忙摆摆手：“你不用急着答复我，我明白你刚经历过很多事，需要一些时间调整，我会耐心等的。我只希望，可以在你身边陪你度过这段日子，因为我现在最大的愿望，是看到你再次开心起来。”

希汶抬起头，眼中再次有波动的水光。

“谢谢你，我一定会很努力很努力地去笑……”

说着，她努力想露出一丝微笑，可刚笑到一半，希汶就再也忍不住了，哇的一声哭了出来。

她今晚回忆得太多，被感动得也太多，是该大哭一场了。

看着大哭的希汶，乔立有些不知所措。

他慌乱地站起来，伸手想像第一次见面时那样止住希汶的哭泣。

可由于站起来的力气过猛，椅子在他身后晃悠了几下，重重地倒在了地板上。

乔立被摔倒的椅子绊了一下，一个趔趄，整个人朝着面前的床倒下去。

他的手掩住希汶的嘴巴，像上次一样，但倒下去的自己却把希汶重重地压在了身下。

希汶睁大眼睛看着面前的乔立，眼睛里最后一颗还没来得及坠落的泪珠慢慢被空气蒸发了。

她嘴巴还在他手心里呈现张开的状态，心脏剧烈地跳动着，比起上一次要猛烈许多。

“对不起，但是你不准再哭了。你一哭，我的整个世界都不好了。”

乔立一只手依然掩着希汶的嘴，动作笨拙地从床上起身，把希汶也扶了起来。

“我不哭了，你放手吧……”希汶用被盖住的嘴含糊不清地说着。

“我不能放手，因为我怕我一放开，就会忍不住吻下去。”

乔立目光柔和地看着希汶，轻声而认真地说。

时间在那一刻凝固了，两个人久久地注视着彼此的眼睛，爱意悄然萌生。

乔立并没有看见，被他轻轻捂住的希汶的嘴角，一丝甜甜的笑意正慢慢荡漾开来。

许久，乔立松开手，小心翼翼地靠近，吻在希汶柔软的嘴唇上。

希汶慢慢地闭上了眼睛，直到这一刻她才知道原来自己是如此期待乔立的吻。

从认识乔立以来，她其实有些急于躲避这么快的开始，可新的爱情降临得总是让人措手不及。

希汶感觉到自己的呼吸，渐渐变得急促起来。

但接着她好像想到了什么，突然睁开眼，把头别向一边。

“对不起啊……”乔立有点手足无措，急忙为自己的行为道歉，“我明白的，我们还是应该慢慢来……”

“不是啦，我生着病，不想传染给你。”看着乔立傻傻的样子，希汶忍不住笑起来。

“哦……”乔立重重地松了口气，接着把希汶拉进怀里，下巴轻轻蹭着她头顶的头发，“没关系，反正我也已经很久没病过了。”

希汶有点害羞地抿了下嘴唇，眼睛微微弯起来，她轻轻地仰了仰头，离乔立的脸更近了一些。

乔立的眼中，仿佛有整个银河闪烁的爱意。

他再次吻了希汶。

在这一年的最后一个夜晚。

窗外，有庆祝新年的烟花比时间先一步到来，升空，绽放，在天空中留下稍纵即逝却灿烂无比的光华。

## —— 6.

新年的钟声一点一点逼近，沙滩上喧闹的人群，正意犹未尽地对着空荡的舞台，欢呼雀跃地叫着九天的名字。

谁都没有注意到，此时正有一对男女牵着手，朝着大海的方向奔跑着。

满身都是颜料的小美和九天离人群越来越远，掌声和欢笑声依然在他们背后响着，声音越来越小，就像是一盒老式录音带的歌曲结尾。

他们一口气跑到岸边九天的船上，两人都弯着腰喘着粗气，小美抬起头，对上九天的眼睛，两人哈哈大笑了起来。

半小时前，他还是沙滩色彩音乐节上最闪亮的明星，站在舞台上弹着吉他散发着夺人心魄的魅力。

而她，也仿佛只是人群中某个最虔诚的歌迷，和很多人一样，在九天出场后便将准备好的七彩粉末朝他泼过去。

灯光照耀下的粉末，洋洋洒洒地飘落下来，在空气中映出彩虹一样的光影。

九天连续唱了几首歌，现场 high 到沸腾。

最后一首歌时，前奏刚响起几秒钟，却骤停。

台下的人都愣住了，以为是音响出了问题。

突然，音箱里传来一声，女人带着怒意的尖叫声："滚蛋！"

音乐接着响起，配合得天衣无缝，九天开始唱自己的新歌。

人群再次骚动起来，一片尖叫声此起彼伏。

小美站在台下，那声尖叫在她的心房中反复回荡，她听出那是自己的声音，九天竟然真的用到了他的歌曲中。

那晚在船上让她心动的一幕，再次在脑海里闪回。

她忽然有些眼眶泛泪。

喧闹的跨年现场，仿佛突然安静了下来，这广袤的天地间，突然只剩下了两个人。

台上的他和台下的她。

九天找了块毛巾递给小美，自己也拿着一块，擦着脸上的颜料。

小美看了九天一眼，趁他不注意，拿出口袋里仅剩的一点点颜料粉末，猛地朝九天泼过去，然后调皮却开怀地笑了起来。

九天看着自己刚换下来的白色背心上沾满了大片的红色，嘴角飘起一丝坏笑。

他大步朝小美走过去，一把将小美拉进怀里，用有力的双臂紧紧扣住她。

小美的脸迅速涨红，她抬起头，目光撞上九天那双深邃的眼睛，像深夜的大海一样充满了神秘气息。

九天直直地看着她，俯身激烈地吻了下去。

此时的Kimmy，正辗转在一场高级派对中，在这座城市最高的那座大楼的顶层。

满屋子都是西装革履锦衣华服的男女，他们穿着这一季最新款的大牌服装，戴着价值不菲的珠宝，喝着一口就够劳动人民一天温饱的酒，站在巨大的落地玻璃前，俯瞰着这个城市，志得意满地仿佛拥有一切。

但事实上呢？他们快乐吗？

也许吧，只是也许。

一个男人，走到站在窗前的Kimmy身边，将她手中已经空了的酒杯轻轻抽走，递上来一杯新的，Kimmy妩媚地笑了，对男人说：

“不好意思，我不喝陌生人给的酒。”

倒计时开始了，人们大喊着“10、9、8、7……”，用最后的激情来与这一年告别。

希汶和乔立依然忘情地拥吻着。

那世界，好安静。

窗外的路灯，洒下弥漫如雾的黄。

九天停下来，看着小美认真地对她说：“跟我走，陪我去欧洲做巡回演唱。”

小美有些吃惊地看着九天，目光描画着他近在咫尺的脸上的每一寸。

接着，她笑了，没有回答，而是主动上去回吻了他。

这一刻，巨浪撞击岩石的涛声，声声入耳。

不远处的海平面上，星星闪着穿越银河的光。

Kimmy和陌生男人站在窗边，男人的手抚上她光滑的脊背，脸离她越来越近。

她用纤细的手指抵住男人的胸口，灵活地躲开他放在她背上的手，转身走开了。

带着凛冽的风。

这个不夜城，即将爆发。

“3、2、1！”

整个城市沸腾了，人们沉浸在一片巨大的欢愉中，他们与身边的人拥抱、亲吻。

仿佛从未受过伤。

火光腾空，绽放出巨大的花朵，照亮了整个天空。

烟花下，她们三个人，各自在这个城市的角落里，沉浸在自己的幸福或悲伤中。

这是她们自认识以来，第一次分开跨年。

Kimmy 从大厦走出来，站在路上拥挤的人群里。

他们穿着厚实的衣服，平凡而臃肿。

而她战衣般的晚礼服和皮草，在寒风里，显得这样滑稽又格格不入。

身旁几个学生样的小姑娘，看着烟花兴奋至极，她们叽叽喳喳地说：“真是太美了，我们要在烟花下许下承诺，要做一辈子的好姐妹。”

“对，我们从此以后有福同享有难同当，永远在一起！”

Kimmy 心中有些隐隐的恻然。

她想，这才是她在楼上俯瞰到的世界，真实的样子，值得珍惜的样子。

那么平凡，却那么美好。

她拿出手机，编辑了一条“Happy New Year！”的短信，犹豫了一下，然后按了发送键。

船上小美的手机屏幕亮起，她却没注意到，继续沉浸在和九天那个漫长甜蜜的吻里。

新的一年，就这么，悄然开始了。

命运的齿轮，又冷漠地暗合上了新的轨迹。

# Chapter 6
爱或试探，离开或留下，我恨你或我爱你

## 1.

天快亮的时候，人群终于慢慢散去，喧闹了一夜的街道，安静了下来。

这是新年的第一个早晨，带着彻夜的疲倦和许多人崭新的希望。

希汶在乔立的照顾下，吃了药就睡下了。

这一觉，她睡得很安稳，做了一个漫山遍野都是薰衣草的梦。

梦里没有林杰，也没有悲伤和眼泪，而是她和乔立，还有Kimmy和小美一起，在花丛中快乐地嬉闹奔跑。

Kimmy在街上游荡了很久，回到家的时候她感觉自己全身都要冻僵了。

她洗了一个热水澡，喝了一杯红酒，慢慢感觉自己活了过来。

临睡前她看了看手机，在很多很多条冷冰冰的祝福短信中，终究是没收到小美的。

准备送给小美的电脑依然躺在角落，看起来有些落寞的样子。

当希汶带着微笑从梦中醒来时，听见一阵窸窸窣窣的响声。

希汶仔细辨认了一下，是从小美的房间里传出来的。

从那次小美和 Kimmy 吵架之后，她就再也没有回过家里。

其间希汶劝过小美几次，但都被她含糊以对。

也许新的一年，小美和 Kimmy 之间也会有个新的开始吧，希汶欣慰地想，翻身下床。

可这个天真的想法，在她走到小美门口时，就被残忍地击碎了。

小美像一只遇到了快乐王子的小鸟，全身上下的每一个毛孔都散发出愉悦。

她正收拾着自己的衣服和杂物，打包装箱，屋中的衣橱已经空了大半。

“新年快乐啊。”

感觉到门口有人，小美警觉地回过头，看见是希汶，她笑着对她说，又低头继续忙活。

“小美，你这是要干吗？你要搬走吗？”希汶的手不由自主扒住门框，紧张地问。

“是啊。”

“那你住哪儿？”

“我要跟九天去欧洲，做巡回演唱。”

小美转过身，兴奋地对希汶笑起来。

还没等希汶反应过来，她身后的一扇门唰的一下就开了，门口站着面无表情的 Kimmy。

小美看了 Kimmy 一眼，没有说话，转身继续收拾着行李。

“你要跟九天走？” Kimmy 的语气很低沉，明显压着火。

“没错。”小美冷淡地回道，也带着些许挑衅的火药味。

“你是不是疯了？” Kimmy 果然还是沉不住气，瞬间被激怒了，她拨开希汶冲进小美屋里，冲着她吼道，“你为什么要跟他走？你去欧洲能干吗？你的电影怎么办？你还要不要当导演？这么多问题你想都没想过就嚷嚷着要跟他走？你是高中女生吗？”

小美不说话，只是低着头认真地叠着一堆散乱的衣服，然后一脸不耐烦地丢进箱子里去。

“是啊，小美，你有没有想清楚？你跟他认识才一个月，到底是你一厢情愿要跟他走还是他真的叫你去？”希汶也在旁边一脸担心地问。

她从未想过，小美有一天会走上这样未卜的前路。

“如果去了那边他把你甩了怎么办？你是留在唐人街洗碗？还是蹲在街边要饭？还是哭着跑回来巴巴地求着人家再给你一次机会让你继续当导演？你觉得人家还会相信你吗？你以为这世界谁都跟你一样那么容易相信别人吗？！”

Kimmy 死死盯着小美，继续保持着高频的声调，步步紧逼。

小美默默叠好最后一件衣服，工整地放进箱子里，抬起头迎上Kimmy的目光：

“我没说过我要放弃，我现在也是导演啊。这次我就是要去帮九天拍特辑，又可以借机会看看这个世界，不好吗？说不定我在那边会遇到另外一些机会呢？又说不定在那边我会得到别人的赏识呢？我只是希望你们能支持我，有这么难吗？”

“机会？赏识？你需要吗？你要是真的需要，当初就不会在我要介绍李安给你认识的时候丢下我跟一个下三烂男人跑了！”

Kimmy说着，怒不可遏地一把抓起小美叠好的衣服，狠狠甩了出去。

衣服散开来，在半空打了个转，狼狈地落在地上。

“你做人可不可以坦白一点，明明就是为了个男人还硬扯上理想。你当他是个宝，他当你是什么？对他来说你就是上床不要钱连妓女都不如的玩意儿！”

“你闭嘴！”小美猛地站起来，狠狠瞪着Kimmy，好像下一秒钟就要张开血盆大口把她咬碎吞进肚子里一样，“你说够了吗？你凭什么说九天只是为了跟我上床？也许我跟他就是命中注定呢？也许我们是真心相爱呢？哈，对了，你怎么可能懂呢，就算你身边男人再多，你根本就没有真正爱过！你根本就是在忌妒！”

“我忌妒你什么啊？忌妒你自以为跟一个渣男产生了爱情？还是忌妒你很快就要被人甩了流浪在欧洲街头？”

“你忌妒九天喜欢的是我而不是你！”小美厉声吼出来，如常的面目下隐约藏着一头狰狞的野兽蠢蠢待发，“你一直都觉得你比我漂亮比我聪明，你觉得全世界的男人都要喜欢你，而我是不应该有人喜欢的。你永远是高不可攀的公主，而我只能是茶水妹。你以前就是这样，所有的男人都是你挑完才让我们挑。现在我只是赢了你这么一次，你就已经咽不下这口气了？”

“你他妈知不知道你在说什么？”

听小美说着这些不可思议的话，Kimmy 气得浑身都在颤抖。她已经被这狰狞相逼得进退不定，紧紧地握着拳头，白净的皮肤下，清晰可见的青灰色的血管突显出来。

“是啊，小美，你胡说什么。”希汶惊讶地看着小美，仿佛第一次见到她，“我们只是关心你，不想你受到伤害。Kimmy 确实比你更了解他，你根本就不清楚九天是什么样的人。”

“你见过他吗？你又有什么资格说我不了解她？”小美基本已经疯了，开枪不分对象。

“因为我谈过恋爱，你没有，你不会选男人。”

“是呀，你最会选，所以你就选了林杰咯。”

小美一脸不在乎地看着希汶，打定了主意就是要一次性将她击垮。

果然，希汶不说话了，这个话题，她永远无法反驳出一个字。

她默默地低下头，眼泪在眼眶里打着转，随时都要掉下来的样子。

“你别急了乱咬人，希汶是为你好，你怎么能这么说。”

Kimmy看了看希汶，再看看小美，心里有种真实的绞痛感。

她们从来没有像今天这样，摆开阵仗正儿八经地吵过架，而更让她难过的是，这场战役的起因竟然是一个男人。

小美捡起地上被Kimmy弄乱的衣服，一股脑地塞进箱子。

“对，你们都是为我好，就我不好。一直以来我都是你们俩感情的陪衬而已，有什么事我永远都是最后一个知道，总是在我面前小声讲大声笑，问你们你们又总说没事。两个人出去玩从不跟我说，到我发现就只会说以为我没空……”

小美越说越难过，委屈、不甘，一起涌上来，她明明该是理直气壮的那一个，但话说出来，却都是苦的。

她经历过无数次的两个人集体失踪，后来却在社交网络上大po（上传）合照。

每一次，她都安慰自己，这种地方也没有多大意思啊，天气这么差，幸好没一起去呢……

可归根结底，她不是没有难过，只是这份难过，也不曾有人看重。

小美干脆走到Kimmy面前，抢过她的手机打开屏幕，一张Kimmy和希汶的合影在屏幕上跳跃出来，两人灿烂地笑着，比春光更加耀眼。

这笑容再一次刺痛了小美，她握着手机摆在Kimmy眼前，身体因为用力过度而微微地颤抖：“你看，手机屏幕只用两个人的合照，连项链都是一模一样的！我知道，你们觉得我什么都比你们差，你们根本不是真心希望我好，只是想让我永远垫底来衬托你们的伟大！”

“你怎么会这么想？”希汶抬起头，惊讶地看着小美，“明明是你自己不喜欢拍照，是你说三个人用同样的东西别扭的啊！”

“希汶，算了……”

Kimmy 抓住希汶的手臂，示意她不要再说了。

她的眼睛依然盯着小美，仿佛看着一个陌生人。

原本紧皱着的眉头舒缓开来，她的眼神变得空洞而绝望。

片刻后，Kimmy 淡淡地转了个身，朝自己的房间走去。

“是，你们俩最配，我跟你们根本不是一个世界的人。”小美冲着 Kimmy 的背影嚷着，“现在我走了，以后不会再有人妨碍你们了。”

说罢，小美费劲儿地拉起箱子，离开了 Kimmy 的家。

希汶有些难过地看着小美拖着箱子，看着那个有些狼狈却决然的背影，直到门在她面前彻底关上。

她咬着唇，努力让自己不哭出声来。

小美跌跌撞撞地走到楼下，清晨的第一缕阳光透过云彩的缝隙照在小美身上，强烈的光线刺痛了她的眼睛。

她面向太阳眯起眼，大颗大颗的眼泪终于还是掉了下来，垂直落在清晨干燥的地面上，洇成一个个黑乎乎的斑点。

她抬起头，最后看了一眼那个熟悉的阳台。

仿佛看见曾经的她们坐在那里嬉笑着喝酒聊天的样子，那些好时光已经过去了，随着刚刚结束的那一年，要一起被封印在记忆里。

大概，再也回不去了吧。

不知站了多久，小美擦了擦眼泪，抬手拦了一辆出租车，扬尘而去。

希汶又在小美空荡荡的房间里待了一会儿，随即走出来顺手把门关上。

她从来都没有想到，有一天，她以为的世界上最固若金汤的友情，会以这样的方式，干干净净，一拍两散。

这一定是梦吧。

只是，太噩了。

希汶的目光落在 Kimmy 紧闭的房门上，这个时候，她一定也是心如刀割吧。

她慢慢走向 Kimmy 的房间，抬手刚要敲门，门就被唰的一下打开了。

希汶吓了一跳，有些惊讶地看着站在她面前的 Kimmy。

她已经化好了精致的妆，穿着一件低胸的衣服，美艳动人，气势汹汹。

“你要去哪儿？”希汶问。

“你别管。”

说完，Kimmy 把希汶推到一旁，蹬上高跟鞋出了门。

太阳完全升起来了，照得屋子里暖暖的，染上了一层耀眼的金黄。

寒流过去了，新年的第一天是温暖的晴天。

但愿一切都能像今天的阳光一样，普照大地，柔和温暖。

小美，不要离开我们。

说好的一定要幸福呢？说好的一辈子在一起呢？说好的从校服到婚纱的陪伴呢？你走了，谁来抢我婚礼上的捧花？谁还能用摄像机记录下那些美好的日子？谁？谁能代替你？

希汶站在阳台上，看着楼下的 Kimmy 蹬着恨天高步伐稳健地消失在转角。

这种感觉，比失去了林杰还要糟糕。

她这样想，无力地眺望着远处天际薄薄的晨光。

## ___ 2.

清晨的沙滩上日光和煦，照在地上留下一地斑驳的色彩。

除了不远处海浪涨潮的声音此起彼伏，整个沙滩都像罩着一层疲惫的壳，安静极了。

就像一个狂欢了一夜化着烟熏妆的叛逆少女，清晨卸了妆换上轻柔的纱质裙子，带着疲态却看起来那样纯净。

九天很早就起来了，他随便穿了一件洁白的 T 恤和牛仔裤，站在甲板上吹着海风.

风把他微长的头发吹乱，遮住了他那双迷人的眼睛。

Kimmy 光着脚小心翼翼地从沙滩上走过，手里提着高跟鞋。

妈的，住在哪儿不好，非要住在船上，渔夫吗？！

她咬牙切齿地想。

五分钟前，她还被沙滩海浪朝阳吸引着，觉得九天够有品位，挑选的地方真心不错。

但当她踏上沙滩的那一刻，当她最心爱的高跟鞋瞬间陷进沙子里的时候，她立马就改变了自己刚才的念头。

跌跌撞撞地走了几步，Kimmy 终于放弃了，索性把鞋脱了提在手上，踮着脚艰难地前进。

穿过沙滩，她一眼就看见不远处船上的九天。

他用手拨了拨被吹乱的发，露出精致的侧脸。

穿在他身上的那件 T 恤白得有些过分，反射着太阳耀眼的光，被衣服盖住的肌肉仿佛正在不安分地蠢蠢欲动。

Kimmy 看着他，他就像是一个从油画里走出来的暗黑系王子，对抗着阳光，散发着危险而又诱人的气息。

她悄悄走到船边，从船的另一头爬上甲板，一望无际的大海立刻在她眼前铺开来，像一幅巨大的画卷。

Kimmy 小心翼翼地移动到九天身后，在整个过程里她每移动一步，就会对九天的警觉性失去一点信心。

她上船已经有五分钟了，而且正一步一步地逼近他。

可他竟全然不知，依旧对着大海发着呆。

小美跟着他简直太危险了，Kimmy 忍不住想，这个男人简直是个白痴。

等到九天终于意识到船上有人，准备回头看时，Kimmy 踮起脚用手轻轻地捂住了他的眼睛。

九天被 Kimmy 冰凉柔软的手触碰到，浑身一抖，却淡淡地笑了笑。

他没挣扎，也没有立刻转过身，任凭她跟他闹。

“怎么这么早就来了？行李都收拾好了？”九天问。

身后的人没有说话，九天有点纳闷。

他温热的手握住 Kimmy 的手，刚想要把她的手从眼睛上挪开，耳边却传来一阵微弱的呼吸声。

“嘘。”

Kimmy 柔软的嘴唇贴在九天耳边，轻轻地吹了一口气，示意他不要说话。

很快，她开始吻他，耳垂，脖子，每一寸肌肤都被她柔软的唇轻轻拂过。

她把手垂下来，扯掉九天身上的白 T 恤。

好看的肌肉从衣服中挣脱出来，带着一股马鞭草的清香。

Kimmy 纤细的手指在九天身上顽皮地跳跃着，勾起九天身体里那一团强烈的欲火。

他的呼吸开始变得粗重起来，他闭上眼睛，喉咙里发出细微的呻吟声。

很快，他转过身，用强有力的手臂把 Kimmy 娇小的身体圈住，用身体紧紧地贴着她。

紧接着，他睁开眼，看见面前的人，立刻变了脸色。

九天惊讶地松开手，向后倒退了两步，深吸一口气压住身体里的火，又恢复了以往冷漠的表情。

“怎么是你？你怎么会在这儿？”

“来跟你玩心灵感应啊，上次还没玩完你就走了。太扫兴了，我可是个有始有终的人。”

Kimmy 声音暧昧，又上前去抱住九天，贴上他的嘴唇，激烈地亲吻着。

九天躲闪不及，但还是极力抗拒着。

可 Kimmy 不打算就这么罢手，继续发动着攻击。

她用一只手扣住九天的头，另一只手探下去，解开他牛仔裤的扣子和拉链。

场面一阵混乱，Kimmy 一副誓死都要上了九天的架势，不管九天怎么躲避都不肯松手。

九天终于沉不住气了，他一个灵活地翻手，将 Kimmy 压在墙上，另一只手死死抓住她纤细的手腕。

“你到底想怎么样？”九天喘着粗气问。

“我想跟你上床！”Kimmy 眼睛直勾勾地盯着他回答道，那里面透射着诱惑与某种无法言说的骄傲。

九天明显地一愣，他看着 Kimmy 的眼睛，仿佛在破译某种高深莫测的密码。

他忽然懂了点什么，脸上浮起一丝坏坏的微笑，俯身趴在 Kimmy 的耳边，轻声说：

“那我就成全你。”

说罢，他将 Kimmy 整个人横着抱起来，大步向船舱走去。

## ___ 3.

小美面无表情地坐在工作室的电脑前，桌上放着一张纸，还未被折好放进信封。

纸张的开头正中央，印着三个粗黑的字：辞职信。

走吧走吧。

有一个声音在她耳边呢喃，去找九天，扔掉这边的一切。

干干净净，一拍两散。

可是，在这同时却还有另一种无形的力量牵引着她，让她此刻无法果决地站起身来，斩断一切羁绊，去浪迹天涯。

她的手放在鼠标上，漫无目的地摇晃着。

鼠标的箭头在电脑屏幕上调皮地东躲西藏，像是在跟小美玩着一场有趣的游戏。

终于，箭头停下来，落在一个叫《女人那话儿 2》的文件上。

小美犹豫了一下，双击鼠标打开了那个视频文件。

她和希汶、Kimmy 的笑脸跳出来，猝不及防地占满了整个屏幕。

影片里三个人吵吵闹闹，对采访的问题不断丢出各种匪夷所思的答案，不时爆发出一阵阵爽朗的笑声。

小美看着片子，嘴角牵动了几下，露出一丝略带哀凄的笑容。

她站起身，开始收拾工作台上自己的东西，影片一直播放着。

“你们有没有试过爱上同一个男人？”

黄真真导演采访的声音传入小美的耳中，接着她听见音箱中的三个女孩异口同声地说：

“不可能！”

小美正拿着笔筒的手抖了一下，筒子里的笔互相撞击发出清脆的响声，在如此逼仄的空间里荡出一声小小的回响。

她放下手里的东西，转身看着屏幕，影片里的她说：

“就连看上同一个男生都没有发生过，我们的品味完全不同，看打扮就知道咯。”

镜头扫过坐在沙发上手里都拿着香槟的三个人，她自己穿着一身浓郁的黑色，一侧的头发像非洲部落族群的人一样编起来，露出耳朵上闪亮的耳钉，希汶穿着一身朴素的职业装，头发整齐地束在脑后，从表情看，像个不谙世事的小女孩，而 Kimmy 正穿着华丽的礼服，端坐在沙发上扮演着一尊精致的雕塑。

原来我们是如此不相同的女孩子，小美看着画面想，脸上不自觉地浮起淡淡的笑，但转瞬间就消失了。

“就算真的跟她们看上了同一个，我也一定不会争，反正世界上男人那么多，但闺蜜就只有她们两个。”

Kimmy 举起手中的香槟杯，在空气中晃了晃，正经八百地说。

“我也不会，因为友情比爱情重要得多，闺蜜是可以相伴一辈子的，男人嘛，扭脸就是陌生人。”屏幕上的那个小美说。

听见自己曾经说过的这句话，小美的心情有些复杂。

她把脸偏向一边，试图躲避这些曾经信誓旦旦的过往，却正好对到桌上放着的一面镜子。

看着镜子里的自己，一张充满了冷漠和悲伤的脸，看起来那么陌生。

自己到底已经多久没有跟姐妹们一起开心地笑过了？小美默默地问自己。

她的脑海中画面交替着，拼凑出一段段完整的往事。

那时她们还在上初中，还带着牙套的小美被班上一个男同学欺负，正好被 Kimmy 撞见，她二话不说冲上前去就给了那个男生一个响亮的耳光，纸老虎般的男同学当场就哭了，后来 Kimmy 被记了一个大过。

大二那年，她因为逃掉了太多体育课而被通知挂科，是 Kimmy 跑去体育老师的宿舍好说歹说，色诱加行贿，最后终于买通了老师给了小美及格。

大四实习那年，小美跟着一个剧组在荒郊野外拍戏，她中途去上了个厕所，回来之后发现整个剧组的人都已经走了，她害怕地打电话给 Kimmy 和希汶，她们两个人奔波了整整一夜，最后终于在那个穷乡僻壤的小山村里找到了饥寒交迫的她。

这些记忆里的她们时至今日都还那么鲜活，因为在坚信不离不弃牵着手往前走的这些日子里，她们从来都没有变过。

是不是改变的只有我自己?

这个念头倏地从脑子里蹦出来，小美不可思议地看向镜中的自己，微微睁大了双眼。

她的眼眶渐渐变得湿润起来，今天早晨说过的那些话无比清晰地回响在耳边，让她恨不得狠狠抽自己两个耳光。

她拿起手机，看着跨年的晚上 Kimmy 发给她的那条短信，脑海里像小剧场一样不断循环播放着那些相亲相爱的日子。

终于，小美的眼神变得明亮起来，调出了 Kimmy 的电话。

不管自己是走是留，都要对她说声对不起，无论如何，小美都不想成为这段关系里先改变或者先离开的那个人，她爱她们，就像她们爱自己一样。

可当小美的手已经悬空在呼叫键上准备按下去的时候，工作室的门突然打开了，Kimmy 整理了一下衣服，双手交叉在胸前，正一脸挑衅地站在门口。

小美愣了一下，随即表情柔和下来，想走过去抱一抱 Kimmy。

天气还有点凉，Kimmy 总是穿得这么单薄，小美无奈地想。

她的腿稍微挪了挪，但又觉得拥抱这件事实在是太不适合自己，索性还是放弃了，刚想开口说话，却被 Kimmy 接下来的一句话打得体无完肤。

“我刚才去了九天的船，我跟他上床了。”

Kimmy 微微地歪着头，十分随意地对小美说。

那语气就像是在说“今天天气真好”“这蛋糕真好吃”“我要上厕所”一样平淡无奇。

小美先是一怔，她深深地明白，Kimmy 有这种能力也有这种资本，能把她想要的人尽数推倒。

但小美还是很努力地保持着冷静，摇了摇头说：

“我不信。”

“不信？”Kimmy指了指小美手上的手机，“那你可以现在就打电话问他。”

小美紧紧地攥着手机，手心里冒出细密的汗珠，她面无表情地看着Kimmy，什么也说不出。

“还是要我帮你打？”见小美没反应，Kimmy掏出自己的手机在她眼前晃了晃。

“我不会相信你的，你走吧。”

小美背过身去，不想再面对Kimmy，两具痴缠的肉体在她脑子里翻云覆雨，让她心里一阵阵泛着恶心。

“好。”Kimmy淡定地解锁，开始查找九天的电话，“那我现在就打给他，让他亲口告诉你……”

话音未落，小美突然转过身用力夺过Kimmy的手机，甩在工作台上，语气却尽可能保持着平静：“你为什么要这么做？”

Kimmy慢慢走到小美面前，嘴角扬起一丝嘲讽的笑。

“因为我要跟你证明你是对的，我漂亮我聪明，全世界的男人都应该喜欢我。但是我也要向你证明我是对的，你所谓的命中注定，只是个狗屁。而你，就是个不折不扣的傻 ×！”Kimmy 咬着牙，狠狠地说。

每字每句都像是炸弹，准确地投射在小美努力保持冷静的那根弦上，弦断了，抽痛了她的心脏，她紧紧握着拳头，全身控制不住地颤抖着。

看着 Kimmy 那张美艳却又带着嘲讽和挑衅的脸，小美终于还是扬起手，打在了 Kimmy 的脸上。

随着啪的一声脆响，整个世界仿佛都静止了，两个人如同站在世界的两个边缘，久久对峙着，眼睛里都噙满了泪水。

“咱们完了。”小美语气淡淡地说，“你走吧，我以后再也不想看见你。”

她越过 Kimmy，一路奔跑着消失在工作室走廊的尽头。

Kimmy 忍了很久的眼泪，终于在小美离开之后，大颗大颗地掉下来。

屏幕上依然播放着《女人那话儿 2》，三个人举着酒杯碰了一下，把杯里的酒一饮而尽。

然后她们都笑了，那笑容天真烂漫，定格在并不遥远的昨天，物是人非得近乎讽刺。

船上，九天从船舱里走出来。

涨潮的海水已经退去，沙滩上湿乎乎的一片，被割裂成两片不同颜色的地面。

小美一路奔跑着冲向九天的船边，裤管上沾满了黏湿的沙粒。

她看着站在甲板上裸着上身的九天，背上带着几条鲜红的抓痕，那翻云覆雨的画面再次浮到小美眼前，她使劲儿晃了晃脑袋，把它们甩到一边，然后狼狈地爬上船。

甲板上的地板在阳光的笼罩中泛着熟悉的光泽，而此刻看上去却又那么冷漠死板。

小美满眼绝望和悲愤，她站在九天面前，仿佛一头重伤濒死的母狮，只能用决绝的眼神来诅咒她的死敌。

九天淡然地看着她，目光冷峻得仿佛什么都没有发生过，包括她自以为是的感情，好像也从来都没开始过一样。

“为什么要这样对我？你们为什么？”

小美的情绪彻底崩溃了，她大声哭着，冲着九天拳打脚踢，九天不反抗也不躲闪，任由她哭闹。

她的声音飘向远方，在宽阔的海面上显得这样微弱而渺小。

不知道过了多久，她打累了，喉咙也哭哑了。

她紧紧抱着九天强壮的身体，不由自主地嗅着那股这些天来已经渐渐熟悉的味道。

“如果我原谅你……你能不能答应我，永远不离开我？”小美在他怀里，泪水浸湿了他胸前的皮肤。

九天无奈地笑笑，用手温柔地抚摸着小美的头发，轻声对她说：

“我没办法答应你。”

九天明显感觉到他怀里的小美浑身一颤，抚摸她头发的手顿了一下，轻轻地放在她的头顶。

“小美，也许是我们真的爱得还不够你才会这样问，如果你坚信我们会一直在一起，那你何必让我答应你。如果你不信，那即便答应了也没意思。前面的路还有很长，我根本不能给你任何承诺，因为连我自己都不知道明天会发生什么。”九天扶着小美的肩膀，把她从自己的怀里挪出来，眼神认真地看着她，“也许你应该重新考虑要不要跟我走。”

小美没说话，她怔怔地看着九天，眼泪情不自禁地往下掉。

沉默了许久，她默默转身，脚步缓慢地下了船。

九天看着小美离去的背影，深深地叹了口气。

沙滩上的舞台已经拆了，地上斑驳的色彩被新的沙子覆盖住，一切都恢复了最初的模样。

远处的夕阳已经开始下落，余晖把每一朵云彩都镶上金色的边。

九天的船发动了，朝着无边的大海驶去。朝着大海的最深处驶去，就像那里才是归宿，就像曾经只是不小心路过了一个临时码头。就像，永远不会返航。

谁都没有发现，在码头的不远处，小美依然固执地站在那里，眼含忧伤地看着那艘船与自己的世界渐行渐远，最后消失在平滑的海平线上。

九天说得没错，也许是真的爱得不够，是自己还没有勇敢到那个份上，关于爱情的每一步，她都走得小心谨慎，她讨厌模棱两可的结局，凡事都做着最坏的打算。

既然没有勇气和信念走到最后，那不如就在半路告别。

她的第二段感情，就这样结束了，一种几乎窒息的疼痛侵蚀着她的心脏，小美痛苦地皱起眉头。

九天趴在船舱的桌上，握着笔在纸上写着什么。

信纸上跳跃着的字符，每一个都在与这段往事做着最后的告别仪式。

“我怎么会爱得不够？你是我想要一起浪迹天涯的人啊。只是我亲爱的小美，一生太长，永远太远，承诺太重，而你又太美好，如果有一天我们在拥挤的人群中失散了，我一点能找回你的把握都没有。你配得上更好的人、更好的感情，而我唯一能够为你做的，就是在对的时间离开你……”

写完后，他工整地把信折好放进信封，挥手丢进了苍茫的大海里。

这是一封永远不会被拆阅的信，只为祭奠自己这段企图认真去爱的感情。

九天站在甲板上，看着天色一点点暗下来，直到完全陷入一片浓重的黑暗当中。

在这段无疾而终的感情里，小美可能永远都不会知道，九天的心跟她一样痛，九天的爱甚至比她还要深一点。

只是他们彼此都被太多东西牵绊和拖动着，朝着两个不同的方向走去，在这个偌大的世界里遇见，点头微笑，短暂爱过后，便互道再见，永远不见。

小美眼神木然地在大街上走着，就像一具失去了灵魂的丧尸。

对了，今天是新年的第一天。

小美想，这是多么讽刺的事情，在这一天里她失去了爱人，失去了朋友。

兜兜转转，只剩下孤身一人。

小美的身体里仿佛被硬生生扯出一道巨大的伤口，汩汩地冒着鲜血，将她整个人吞噬进巨大的疼痛和悲伤里。

## ___ 4.

灯红酒绿的酒吧，是最适合疗伤的地方。

这里有消愁的烈酒，有狂躁的音乐，还有一群永远不会也不想参透你悲伤的陌生人，这群穿梭在夜生活里的人，就像是隐匿在绝望或者颓废背后的兽，被暧昧的霓虹灯打上“生人可近”的标签。

他们随随便便地凑成一对，喝杯酒开个房，天亮之后彼此心照不宣地继续做着陌生人。

即便某天在街上擦肩而过，也不会记得身边这个人，曾经给过自己短暂的快乐。

在一家装饰诡异如同地牢般的酒吧里，一个身材壮硕面容俊朗的男人从众多女人灼灼的目光中穿过舞池，轻车熟路地坐到了吧台上。

他已经有点醉了，身上散发着浓重的廉价古龙水混合着酒及烟草的味道。

“嘿，今晚有什么好货？”

男人朝酒保摆了摆手，算是打招呼，轻浮地问道。

“五点钟方向，靠墙。”

酒保眼神暧昧地瞟了那个角落一眼，朝男人挑了挑眉毛。

男人顺着酒保的目光看过去，满意地点点头。

角落的小美已经喝光了一整盘龙舌兰，醉得晃晃悠悠。

她拿起盘子里的一小杯仰头要喝，发现杯子是空的。

她沮丧地放下，又拿起另外一只，还是空的。

她一只一只地拿起来检查，才烦躁地发现所有的酒都被她喝完了。

她扬起手，冲着吧台的酒保含糊不清地喊：

“服务员，再给我来一盘，咱们一起喝。”

吧台上的男人和酒保交换了一个眼神后，端起另一盘龙舌兰酒，朝着小美走过去。

“我陪你喝。”

男人把酒往桌上一放，小美笑嘻嘻地拿起一杯，仰头喝了下去。

辛辣的酒精，无情地穿过她的喉咙，留下一片灼烧，她皱了皱眉头。

“我叫 Tony，你呢？”男人饶有兴趣地看着小美，自我介绍说。

“管你叫什么，喝酒就是了。”小美又端起一杯喝光了。

她才不在乎眼前的这个男人叫什么，就在当下这一刻，这世界上除了九天，所有的男人都是无关紧要的路人甲。

“怎么了？跟男朋友吵架？”Tony 试探性地问着。

“你来喝酒还是做问卷调查啊？烦死了。”小美摆了摆手，打断他的问题，顺手拿起一杯酒递到 Tony 嘴边，“干了！”

Tony 没拒绝，接过酒杯，干脆地一饮而尽。

一首乐曲终了，酒吧里陷入一阵短暂的安静，接着另一首节奏强劲的乐曲声响起，舞池里再次聚满了人。

“走，陪我跳舞。”

Tony 牵起小美的手走进舞池，身边的人已经开始放肆地扭动着身体。

酒精混合着汗水的味道渐渐升腾，在迷幻灯光的映衬下撩拨着陌生人汹涌的情欲。

小美早已经醉了，她喜欢这种醉的状态。

整个世界在她眼中都是朦胧的，她可以放纵一次自己，做一个与往常不同的她。

每喝一口酒，她就觉得身体又轻了一些，仿佛再多喝一点，就能飘起来，随着风飘向更遥远的世界，九天的世界。

她在舞池里尽情地跳着叫着，这是她第一次跳舞。

没错，这么多年来，小美都是在略带矫情地活着。

她一直在文艺青年这个放荡不羁的保护罩下，死板地秉持着自己那一套。

不跳舞不唱歌不讲笑话，衣橱永远都是一水儿的黑色，所有衣服的安全线都是锁骨以上，她甚至可耻地想到自己的抽屉里，还放着十几条高腰肉色内裤。

何必活得这么辛苦呢？小美想。

我们总以为只要端庄地面对这个世界，就会得到同样端庄整齐的人生。

但事实上，在这个小心翼翼的过程里，我们早已经被生活折磨得面目全非支离破碎。

就好像此刻的小美一样。

小美脱下那件黑色的皮质外套，举到空中摇着，她时而会学别人那样，贴上 Tony 的身体来来回回地磨蹭一下，又转身用同样诱人的姿势去磨蹭别人。

全场的男人都为她发出尖叫声，这一刻小美感觉好极了。

小美从来都不愿承认，自己的人生有很多个时刻，都想成为 Kimmy，想像她一样漂亮富有，随时随地都做着真实的自己，可以随时开始一段恋情也可以随时叫停，只要出现在一个场合里，她就是最闪亮的焦点。

这样多好，能生活在别人羡慕的目光里，能自由自在地做自己喜欢的事，成为自己喜欢的样子。

“我喜欢你。”Tony 凑到小美身边，贴在她耳边轻声对她说。

“我也喜欢你。”小美笑着，双手钩住 Tony 的脖子，醉眼蒙眬地看着他，这就是她想要的，来自陌生人的喜欢。

Tony 刚想俯下身子去吻她，音乐就换了。

小美松开挂在 Tony 脖子上的手，重新回到舞池，随着人群一圈一圈地旋转着，转了几圈之后，小美头昏脑涨地停下来，四周天旋地转，就像坐在过山车上一样，站都站不稳，她来回摇晃了几下，重心不稳地向后倒下，被 Tony 及时扶住了。

“你喝醉了，我带你去透透气。”

说着，Tony 把小美搂进怀里，带着她走出了喧闹的酒吧。

天气随着夜色越来越深而变得有些凉，一阵风吹过来，小美觉得冷，她展开手中的外套想要穿起来，却怎么也找不到袖口。

“Fuck！”小美低声骂道。

“骂得真好听。”Tony 在一旁似笑非笑地看着她。

小美一愣，记忆瞬间闪回到她跟九天认识的那个夜晚，恍惚中觉得站在自己面前的这个人是九天，她很想睁大眼睛看清楚，可不管自己怎么努力，眼前都是一片虚幻的模糊。

小美哭了，眯着眼无声地掉着眼泪，想念就像是一根根藤蔓，爬满她的心脏，并将其紧紧缠绕起来，勒得生疼。

好累，自己需要休息一下，没有床，那给她一个怀抱也是好的。

想着想着，小美重新倒进 Tony 的怀里，合上了沉重的眼皮。

小美再次醒来时，发现自己正躺在一张床上，潮湿的床单和枕头散发着霉味，酒精的作用还没有完全退去，她的头还是昏昏沉沉的。

她眯着眼环顾了一下四周，是一个简陋的宾馆房间，窗外用来做招牌的巨大霓虹灯发着不明不暗的光，透过肮脏的窗帘照进屋里来，把屋子里罩上一层模糊的红。

廉价的灯管发出嘶嘶的电流声响，楼下人来车往，喧闹不堪。

她不知道这是哪儿，但此时此刻只要有一张可以让她安心睡去的床就是好的，反正她今晚原本就是无处可去的人。

远离家人，丢了朋友，失了爱情，上帝还能为她留下一张脏兮兮的床，也算是一种厚待了。

小美拉过湿乎乎的被子给自己盖上，再次昏昏沉沉地睡过去。

朦胧中，她感觉有个人慢慢爬上床，压在她身上，接着便开始亲吻她，细腻的吻夹杂着浓重的酒气落在她的皮肤上，最后盖住她的嘴唇。

小美的意识渐渐恢复过来，她睁开眼睛，看见一个陌生男人的脸。

原本软绵绵的身体一下子就僵硬了，酒意瞬间散去，刚才在酒吧的记忆一点一点苏醒，在她记起一切的那一刻，小美惊讶地睁大眼睛，开始挣扎反抗，试图推开 Tony。

但 Tony 就像是粘在她身上的一块口香糖，用力压住小美，完全没有要停下来的意思。

小美有点慌了，她扯着嗓子对他喊道：

“你要干吗？停下来！我是认真的，停！”

“放心宝贝，我不会伤害你的，我只是想亲亲你而已。”Tony 喘着粗气说，一只手已经开始急迫地脱小美的衣服。

小美吓坏了，她挣扎得更猛烈了一些，她用尽力气把 Tony 推得离她稍微远了一点点，然后扬起有点麻木的一只手，用尽力气甩了 Tony 一个耳光。

“放开我！”小美尖叫。

Tony 被这一巴掌打火了，他直起身子，冲着躺在床上的小美回敬了一个耳光，眼睛里射出危险的信号。

这一耳光把小美的醉意彻底打散了，她惊愕地看着 Tony 不敢说话，一手捂着已经红肿起来的脸，感到火辣辣的疼。

Tony 用手掐住小美的脖子，俯下身来在她耳边语气轻柔又带着警告意味地说：

“只要你乖乖的，我就不会伤害你，放心，我会很温柔的。”

说完，他就用湿热的嘴唇含住了小美的耳垂。

小美觉得恶心极了，她多想此刻手里能有一把尖刀，那么她会毫不犹豫地冲着这个变态男人的心脏刺过去，可是她什么也没有，在孔武有力的 Tony 面前，自己就像一只脆弱的玩偶，只能任由摆布。

她绝望地看着天花板，她想如果今天一切真的发生了那么她该怎样去面对这个世界，不如去死吧，反正自己现在已经什么也没有了，新年的第一天如此狼狈的自己，不如就这样了结了自己的生命，这样每年过年的时候，她都能安静地躺在地底下看见璀璨的烟花，听见人们雀跃的欢呼声，就不会过得太寂寞。

想到这里，小美的思绪断了，因为她感觉到 Tony 的一只手已经慢慢地伸进她的衣服里去，小美害怕地别过脸去，正好看见放在床头的手机。

“等一下！”她按住 Tony 的手，对他说。

“干吗？又要不乖？”Tony 的表情阴沉下来。

“我想先去洗个澡，我刚才吐了，身上很脏。”她努力让自己镇定下来，表情尽可能做到风情万种。

“不用了，一会儿再洗。”

“不要，我不喜欢这样脏脏臭臭地做这件事情，你也不想跟一个满身恶臭的女人上床吧？”小美使劲儿挤出一丝别扭的笑容。

Tony 想了想，觉得反正小美也跑不了，于是从小美身上下来，躺在床上有点不耐烦地倚在床头上，给自己点了根烟。

小美迅速从床上弹起来，趁 Tony 不注意时，顺手摸起床头的手机，冲进了浴室。

她慌乱地锁上门，打开花洒，细密的水珠从喷头里洒下来，小美觉得两腿发软，再也站不住了，索性顺着墙滑坐在地上，恐惧占满了她的身体，她缩在墙角忍不住颤抖着，手机屏幕上显示正在接通希汶的电话，等待的每一秒钟对小美来说都是煎熬。

终于，电话被接起来，小美听见电话里希汶熟悉的声音，眼泪一下就流出来了，她哆哆嗦嗦地说：

“希汶，救救我，有人要强暴我，快来救救我……我不知道这是哪儿……地牢酒吧，我记得我是从一家地牢酒吧被带到这里来的……啊……”随着一阵急促的敲门声，小美尖叫了一声，她的手抖了一下，手机从手里滑落到地上。

“开门，你在给谁打电话？把门给我打开！”电话刚讲了几句，Tony意识到情况不对，又发现小美的手机不见了，他跑到浴室门口开始踹门。

原本就简陋的宾馆，门已经年久失修，潮湿的空气早已经把木头侵蚀得十分脆弱，每踹一脚，门上的锁就松动了一些，看着快要被打开的那扇门，小美害怕极了，她不知所措地蜷缩在角落，眼泪止不住地往下掉。

地上的水越积越多，浸湿了她的衣服，小美绝望地闭上眼睛，像是在等待命运对自己宣判的那一刻。

然而当希汶和Kimmy赶到现场的时候，整个房间都沉浸在一片巨大而恐怖的死寂里，蜷缩在角落瑟瑟颤抖的小美抬起头看着她们，眼神却充满了空洞冷漠。

“我杀了人。”

小美幽幽地说，但那声音却像是空旷山谷里的一声枪响，击中了希汶和Kimmy。

## 5.

接到小美电话时，希汶和Kimmy正坐在沙发上看电视，屏幕里播放着小美还未剪完的《女人那话儿2》，那是Kimmy偷偷从小美的电脑上拷贝下来的。

“不知道小美现在怎么样了，坐船去欧洲会很辛苦吧。”

希汶并不知道今天小美和 Kimmy 之间发生的事，她抱着腿坐在沙发上，自言自语地说着。

Kimmy 在一旁没说话，她也不知道小美究竟有没有跟九天走，被小美打过的脸上的红肿已经退了，那一巴掌小美并没有用太大的力气，可却带着割席断交的决绝，她们那么多年的友情，就这么被打散了。

爱情真的有这么重要吗？Kimmy 不屑地想。

看着屏幕上不久前还谈笑风生的她们，Kimmy 有种恍如隔世的感觉。

那些指天誓日一辈子都是好朋友的承诺，现在看来既搞笑又讽刺。

希汶的电话响起，她拿起手机看见是小美的名字，兴奋地碰了碰 Kimmy。

Kimmy 有些落寞，但同时也是庆幸的，起码小美还会打电话来，不管这个电话最后打给了谁。

希汶按下了接听键，电话里传来的却是小美惊慌失措的声音，紧接着一声尖叫声，电话就被切断了。

希汶的脸色瞬间变得苍白，她猛然从沙发上站起来，用惊恐的眼神看着 Kimmy，一字一句地对 Kimmy 说：

“小美出事了！”

“她在哪儿？”Kimmy 愣了一下，当她意识到这并非玩笑时，她紧紧地捏住了希汶的双肩，脸色遽变。

“我不知道。她只说是地牢酒吧附近。”希汶摇了摇头说。

Kimmy 思考了片刻，冲进房间穿上大衣，抄起 iPad 走出来。

“走。”她冲希汶一挥手，两人像发射的火箭一样火速出了门。

门终于被撞开了，腐坏的木头屑落了一地，门上的锁掉在地上，撞击地板发出沉闷的响声。

Tony 气急败坏地冲过去，一把抓住小美的头发，连拉带拽地把小美拖回房间，地上的小美挣扎着，发出撕心裂肺的尖叫声。

Tony 把她抱起来狠狠扔在床上，整个人再一次压住小美，一只手掐住她的喉咙，让小美无法发出任何声音，另一只手用力撕开小美的衣服，布料破碎的声音在房间里显得那样突兀，那样让人绝望。

小美觉得自己快要窒息了，她的眼泪大颗大颗地坠落在发黄的白床单上，她用尽力气挣扎着，就像一条鱼在临死前最后的一扑腾。

小美感觉到自己的手触碰到了冰凉的东西，她努力歪头看了一眼，是一只玻璃做的烟灰缸，里面还有几颗废弃的烟头，她尽可能地伸长手臂，抓起烟灰缸，想也没想就朝着 Tony 的头狠狠砸了下去。

随着一声沉闷的声响，Tony 的动作停止了，他的身体晃悠了两下，头一歪，重重倒了下去。

烟灰纷纷扬扬，在空中似有悬停，接着又不紧不慢、优哉游哉地打着圈向下飘落，落在小美脸上，她心惊胆战地从床上坐起来，看着躺在地板上一动不动的 Tony，一阵寒意爬上了她的背，瞬间侵蚀了她整个身体。

三个人呆呆地戳在房间里，被恐惧紧紧包围着。

房间里异常安静，只能听见她们清晰而急促的呼吸声。

她们不知道自己究竟愣了多久，Kimmy 用异常冷静的声音对希汶说：

“希汶，把指纹擦干净，检查一下房间，不要留下什么线索。”

“你要干吗？”一直蹲坐在角落惊魂未定的小美还没回过神，恍惚间觉得自己被封住了五感，又好像看到 Kimmy 挡在自己身前，抵御着兵荒马乱，似乎要像白娘子那般，为了不争气的自己水漫金山。

Kimmy 走到小美身边蹲下来，给了她一个淡然的微笑，然后她摸了摸小美的头说：

“别怕，不管发生什么，有我们在。”

“Kimmy……”小美的眼神变得柔软起来，眼眶里堆满了眼泪，她刚想说些什么，就被 Kimmy 打断了。

“现在不是废话的时候，煽情的话留着以后再说。”Kimmy 站起身，走到 Tony 的尸体旁边，语气坚决而镇定地对小美说，“过来帮我把他架上车，如果前台问起，就说他喝醉了。记住，你一定要冷静，不可以慌，知道吗？”

Kimmy 果断利落地说完这番话，心脏却急剧地跳动着，几乎要跳出胸膛。

寒意从脚底蹿上来，让她的整个脊背都感觉发毛。

但她明白，就算是强装，此刻她也必须要保持镇定来支撑身边的这两颗软蛋，尤其是小美。

Kimmy 的果决起了效用，小美失魂落魄地站起来，木然地点了点头。

车子在午夜偏僻而空旷的公路上疾驰而过，车子里暖风开得很大，但三个人依然控制不住地瑟瑟发抖。

“开慢点，希汶，不然会引人怀疑的。”Kimmy 的冷静配额已经用完了，她像只反射弧漫长后知后觉的恐龙一样，在逃亡的路上开始紧张。

希汶焦虑地点点头，把车速稍微放慢了一些。

看着前方黑漆漆一片的路，Kimmy 又焦躁不安地问：

“去哪里希汶？我们现在到底要去哪儿？”

“你不要吵！让我好好想想。”恐慌的情绪也影响了希汶，她大声地呵斥 Kimmy。

“指纹你擦干净没有？门把手上呢？是不是没擦？不行，我们得回去再检查一遍。”Kimmy 继续喋喋不休地说，手指已经不由自主地开始抖。

“擦了，我都擦了，你不要再吵了好不好。”

“对了，去机场，我们离开这里，我们出国，电视里不都那么演吗？跑路，对，我们跑路，留在国内太不安全了，去了国外他们就找不到我们了。”

Kimmy 已经快要精神失常了，诡异地自言自语。

“去什么机场，出什么国？我们又不是贩毒，又不是拐卖人口，跑什么路？再说你拿了护照吗？没护照上什么飞机？你冷静一点好不好？”

“可我们是杀人！”Kimmy 神经兮兮地低吼着。

车子里安静了，她们的心情都因着这句话变得沉重起来。

希汶按动按钮，车窗缓缓降下来。

冰冷的寒风瞬间灌进车里，Kimmy 不禁打了个冷战，冷风让她清醒了一些。

希汶看了看 Kimmy，又回头看了一眼小美，对她们说：

“你们听着，没人看到是我们做的，所以我们很安全，过一阵子一切都会安然无事，所以我们现在不能惊慌，要冷静下来好好想想下一步该怎么办。”

她的语气听起来比刚才处理现场的 Kimmy 还要冷静。

“不用想了，停车！”一直坐在后排没吭声的小美突然说，“你们走吧，我不想连累你们。”

“你疯了吗？我们怎么可能在这个时候丢下你？”希汶说。

“别说得那么轻松，这不是咱们上学的时候一起逃课。Kimmy 说得没错，我现在是杀了人，警察迟早会找到我的，就算是误杀，我也还是要坐牢。我不能连累你们，让你们跟我一起坐牢，你们没有必要去承担我的罪过，你们是无辜的。停车！不然我现在就跳下去。”

小美说着，打开了正飞驰在公路上的车子的门。

希汶急了，一个急刹车，把车靠边停下。

小美从车上下来，头也不回地往回走去，Kimmy和希汶追出来，拽住小美的胳膊。

“坐什么牢？是那个混蛋强暴你在先的，而且就算你去自首，你以为我跟希汶就真的能脱得了干系吗？是我们一起把尸体运出来的，是我们一起准备销毁证据，这些罪，是你一个人能承担得了的吗？”凉风一吹，Kimmy恢复了理智。

小美愣住了，她觉得懊恼极了，她那么任性，任性地要跟九天走，任性地去喝酒，任性地跟一个陌生男人在一起，任性地在出事之后打给了希汶和Kimmy，为什么不报警，这样警察来了就可以马上把她带走，一切都是她的错，她竟那么罪大恶极地把自己最亲近的人扯进了这个巨大的旋涡里。

小美看不惯自己的愚蠢懦弱，眼泪大颗大颗地流下来。

“对不起，对不起，都是我不好，是我连累了你们……”小美绝望地瘫坐在地上。

Kimmy和希汶也跟着她坐下来，苍白的月光像天空中一盏巨大的探照灯，照耀着她们三人的身影，那一刻她们谁都不孤单。

“别哭了，我们不会让你有事的，无论发生什么事，我们三个人一起去面对。”Kimmy 轻轻抹掉小美脸上的眼泪说。

“是啊，这些年我们一起经历了这么多事情，从来没有彼此放弃过，你怎么能在这个时候赶我们走呢？”希汶笑了笑，“我这里还有点钱，本来是用来结婚的，但现在用不着了，我们可以用这些钱来聘请最好的律师。”

“对，我爸有很多高端的律师朋友，不用怕，都会好起来的。”

听到这些话，小美再也忍不住了，她扯开嗓子大声哭了起来：

“为什么，你们为什么要对我这么好？我值吗？我配吗？我这么自私这么失败，连我自己都讨厌我自己。我总是忌妒你们，我想成功都只是因为想超越你们，想让你们认同我的价值，可是我总是会把所有的事情都搞砸……”

“说什么呢，小美。”Kimmy 豪迈地把小美搂在怀里，笑着拍了拍她的头，“你知道吗，其实我跟希汶从小就觉得，你是我们三个之中最棒的。”小美的哭声停止了，Kimmy 顿了顿，接着说，“你在我跟希汶还只知道摆弄洋娃娃的时候就有了梦想，从来不理别人的看法，努力向前走，不管过程有多艰辛多坎坷，你从来都没有放弃过。你知不知道从小到大，我有多少次希望自己能变成你，像你那么坚强、那么勇敢、那么无所畏惧。”

“真的？”小美从 Kimmy 怀里钻出来，哽咽着问，“你这样夸我我很不习惯。”

“当然是真的。”希汶在一旁笑着说，“Kimmy 还跟我说你一定会是第一个得奥斯卡奖的华人女导演呢，我们还幻想着跟你一起去现场看你领奖，连衣服都已经选好了，她的那一套呢，特！别！露！”

“滚，那叫性感。”Kimmy 推了希汶一把，翻了个白眼说。

希汶撇了撇嘴：“所以啊，我们一定要一起熬过这一关，不能放弃。”

小美低下头，满怀感激地笑了，她依然讨厌自己，讨厌自己之前做过的事说过的话。她很想告诉 Kimmy，自己也好多次想要成为她，但现在都已经不重要了。

原来她们是那么爱她，从头到尾斤斤计较着的人，只有她一个。

她们相亲相爱了这么多年，并且还要继续相亲相爱下去，不管吵过多少次架，发誓绝交过多少次，她们的感情轨迹就是一个圆圈，渐行渐远过后，还是会在原点相遇。

小美的眼眶再次湿润了，她抱住希汶和 Kimmy，在安静的夜里又一次放声大哭起来。

希汶和 Kimmy 互看了一眼，交换了一个欣慰的笑，眼泪也止不住地流了下来。

三个人正异常投入地哭着，一阵窸窸窣窣的声音传来，这声音在半夜的大马路上显得格外恐怖，令人毛骨悚然。

声音断断续续地传来，还有敲击的声音。

三人停止了哭泣，屏住呼吸，小心谨慎地分析着声音的来源。

Kimmy 警觉地看向车子的后备厢，她朝小美和希汶使了个眼色。

三人站起身轻轻地走过去，又是一阵砰砰砰的敲打声，果然是从后备厢传出来的。

Kimmy 伸手扣住后备厢，对着另外两个人点了点头，然后举起一只手，悬在空气里比着“3、2、1”。

最后一根手指收回掌心的片刻，她猛然打开，接着三人同时灵活地向后弹开了几步。

后备厢里，表情痛苦又迷茫的一脸便秘状的 Tony 慢慢从车里爬出来。

他不明所以地看了看四周，伸手挠了挠头，却疼得皱起了眉头。

“这是哪儿啊？发生了什么？我怎么会在这里？”

Kimmy 看了一眼小美和希汶，三人又惊又喜，她冲着两人扬了扬头，她们立刻明白了彼此的意思：要在这个变态记忆苏醒之前逃离现场才行，不然即便以多敌少，三个女生也没有把握能制伏人高马大的 Tony。

三个人立马化身天外飞仙，速度快得就像三道闪电一样跳上车，飞速离开了现场，留下身后 Tony “欸，你们别走啊，我这是在哪儿啊！”的叫喊声。

这世间，最幸福的四个字，叫作虚惊一场。

三个人一下子被抽空了，轻飘飘地，像是三只被系在方向盘上的风筝，乘着车急驶时的风，肆无忌惮地高飞。

希汶这个时候才开始手心冒汗，几乎要握不住方向盘。

没有顾忌仪表盘上的时速，也不知道开出了多远，直到她觉得周围彻底安静了，才靠到路边停了下来。

一路上谁也没有说话，这会儿车里却突然爆发出一阵狂笑。

小美明明笑成了一朵开烂的花，可脸上又叠着大江溃堤的惨状，希汶趴在方向盘上几近虚脱地抽着笑。

至于 Kimmy，她只是直勾勾地盯着窗外，摆着造型，自顾自地美着。

“我来开。”

Kimmy 从副驾驶的位置下车，站在沉寂的天地间默默矗立了很久，才拉开希汶的车门把她换下来，载着自己此生最离不开的两个女人，加速离去。

一张被泪水浸湿的纸巾就这样静静地躺在路边的草地上。

小美永远也不会知道，这张纸巾是因为她，才会被 Kimmy 留在这里。

“要是让这俩呆货知道我也掉了那么一两滴眼泪，她们的天还不得塌了。那鬼地方没有垃圾桶，害我随手乱扔垃圾，受良心谴责，都怪她们。”

Kimmy一边开车，一边心中默默独白。

天知道她有多紧张小美。

或许天也不知道，只有那张皱巴巴的纸巾知道。

等到车再停下的时候，还没打开车门，后座的两个人就知道这是哪儿了。

准确来说，车尚未停稳，希汶还来不及坐起来的时候，三个人就已经在动手摸自己的包和口袋了。

通往许愿池的路上有三个相邻又不等距的减速带，每次刚过第一个，小美和希汶的身体便条件反射地把握着节奏准备迎接后面两次颠簸了。

Kimmy经过这三个减速带时，每每都会选择性失明，从不减速，为此她俩总叫苦不迭。

而现在，这三次撼天动地的颠簸，却实实在在地透着欢愉的味道。

“又是你空着手，这次不分你硬币了，我要麻烦许愿池的事多着呢！”希汶护着自己的零钱袋从小美身边跑开。

“我的包不知道落在哪儿了，要么是公司，要么是酒吧，我不知道自己喝醉以后还有没有去别的什么地方疯过。”小美有些委屈地努力回忆着。

“伸手。”Kimmy见小美还在绞尽脑汁地想，便赶紧从自己的零钱袋里拎出来一枚硬币，举手投足之间，又恢复了以往高冷的姿态。

小美以为Kimmy会用倒的，于是伸出双手合成小碗状，却没想到这一枚孤零零的硬币掉在手里都听不见个响。

“干吗？别太贪，上次都用掉了，再说了，我哪儿有什么机会接触到硬币这种东西，不得攒个五六年啊。”见小美迟迟不肯收回高举过头的双手，Kimmy只得攥紧零钱袋连连后退。

明枪易躲，却防不住希汶这一支暗箭。

猝不及防间，Kimmy的零钱袋已经到了希汶的手上。

“鬼扯！明明还有三个！”Kimmy在希汶身后张牙舞爪时，那三枚硬币已经被拎出来示众了。

“不行不行！快还给我！”

“一人两个嘛，这样才公平。”小美对希汶这副包青天的嘴脸很是欣赏，一时间点头如捣蒜。

“哦？你要公平啊？那我们把所有的硬币拢到一起均分成三份啊！”Kimmy站定，双臂交叉在胸前，一脸挑衅地盯着希汶。

“除不尽啦！”

“我可以少拿一个。”唇枪舌剑是一门屡屡让Kimmy砍下满分的必修课。

“我也可以少拿一个。”小美当即倒戈。

小美捏着从Kimmy和希汶那里夺来的两枚硬币，虔诚地闭上了眼睛。

“第一，希望我们三个人，永远不分开。第二,九天、九天……”

小美只知道自己要许这么两个愿，一个关于清晰的未来，一个关于模糊的过去。虽然第二个愿望就只是他的名字，但小美不介意。毕竟，有他的那些日子其实一直都是失了焦的样子，这个愿望，作为了结，也该如此。

“第一，希望这次希汶找到了真正的Mr.Right。第二，希望小美找到陪她完成导演梦的人。第三，希望‘闪亮三姐妹’，永远在一起。”Kimmy在心中合理地规划了三个愿望，一个给希汶，一个给小美，一个给自己。

“怎么没动静？你们许了什么愿？”希汶探身过来，好奇地盯着二人。

“说出来就不灵了！”

“嘘！”

或许要感激许愿池的神力，小美和Kimmy竟然破天荒地默契起来，都露出一副“说不得”的神棍样。

“你们还信这个啊？那原来的怎么就会讲出来啊！我不管，我要说！”一个没拦住，希汶的话已经冲口而出：“我的其中一个愿望是，希望我们三个地久天长！”

“谁要一辈子跟你们待在一块儿啊？”

“女人啊，就是天真！”

小美和 Kimmy 同时翻起白眼嫌弃希汶的愿望，心底却都不由自主盈满了笑意。

“不愿意啊？那无所谓啊，反正我已经说出来了。”

希汶是真的不在意这一个愿望是否会作废，因为自己的全部十三个硬币都被用来许下了同一个愿望，失效了一个，还有十二个，准灵。

“你不是女人啊？装什么大男子主义，还敢有性别歧视？”

三个女生又一次站在池边毫无顾忌地吵吵闹闹，仿佛一切都不曾发生，也不曾改变。

我愿与君相知，长命无绝衰。

这本不该是只有爱情才能用的话。

正是因为亲爱的你们，这世界上所有的风霜雨雪，才能在肆虐凛冽之余，还存有一分美丽的意味。

天荒地老，永无尽头。

新年惊心动魄的第一天就这样过去了。

没有人记得她们最终是怎么回的家，记忆里，那天的定格画面就是三个不知道是哭是笑、是争吵还是拥抱的女疯子仗着醉意胡作非为。

并没有人喝酒，可那天的许愿池边就是弥漫着淡黄色的水雾和光。

好像是终于酿成的琼浆，就这么在大庭广众之下被摔碎了陈坛，味道浓烈且无孔不入。

三个人就这么不可自持地醉了。

在这一天里面，她们都尝试过失去人生中最宝贵的东西。

可庆幸的是，她们得到的远比失去的要多很多。

## 尾声

# 不曾告别，不曾远离，时光不老，我们不散

“你们是怎么找到小美的？”黄真真导演问。

“高科技，我用 iPad 定位了她的手机。”Kimmy 拿起手机得意地晃了晃。

这是《女人那话儿 2》最后一次录制。

那天小美褪去了一如既往的黑色着装，穿了一件宝蓝色的衬衫，而且破天荒地开了两颗衬衫扣子，露出一条跟希汶、Kimmy 一模一样的项链。

“哎哟，不错哟。”黄真真导演有些讶异地上下打量着她说，仿佛周杰伦上身。

“还是太保守了。”

Kimmy 斜眼看了一眼小美，依然翻了一个失望的白眼。

那天她们回到 Kimmy 家，一番道歉和煽情之后，小美就立志从此之后不再做这么死板的人，她要彻底地改头换面，首先从服饰开始。

小美的这番话无疑点燃了 Kimmy 心中的那把火，Kimmy 从小就喜欢打扮自己和芭比娃娃，而此时此刻，这样一只有血有肉的巨型芭比就摆在她的面前，她怎么可能轻易就放弃这个机会。

于是那天起，Kimmy 就主动担任起了小美的造型师。

只要有空闲时间，她就拉着小美穿梭在各大商场的女装专柜，晚上回到家就把小美按在电脑前，强迫她打开淘宝网并连续逛三个小时以上。当然，只准看海外代购。

她们曾经数次在商场里因为某件保守古板的衣服而互相攻击过，也曾因为某件袒胸露背的衣服而大动干戈过，整个过程就像是一场硝烟弥漫骂声不断的战争。

起初跟着一起去逛街的乔立还紧张兮兮地想要劝架，但希汶却一脸坦然，没心没肺地拦住他说：

“放心，不会有人员伤亡的。”

果然，还没到达下一个专柜前，两个人就又已经手挽着手，蹦蹦跳跳地像一对神经病一样闲逛起来。

后来，乔立也看惯了这样的戏码，每当两人吵架时，他就若无其事地跟希汶在一旁秀着恩爱，分享着一小盒哈根达斯冰激凌，看两人骂得妙语连珠，仿佛是在欣赏一场精彩的微电影。

希汶和乔立的感情持续升温，他小心翼翼地呵护着希汶，视她为心头肉掌中宝。

他说他要让希汶成为这个世界上最快乐的女人，而他也确实在这么做。

希汶偶尔会想起林杰，但那些过往，由疤变痣，小小一点，真真切切地存在着，却不痛不痒。

恰当的时候，还能起到装饰作用。

Kimmy 升职了，工作变得更加忙碌起来，可她依然能每天自如地穿梭在工作和男人之间，扮演着狮子和小鸟的角色。

“快要三十岁了，你们有什么感想？”黄真真问。

“我想要在三十二岁的时候生孩子，如果可以，我还是想当个称职的全职太太相夫教子。”希汶微笑着回答，眼睛里洋溢着满满的幸福。

“我希望能拍出更多好的作品，成为一名优秀的导演，我的梦想一直都是这个，无所谓年龄大小。”小美耸耸肩说。

短暂的沉默。

大家纷纷看向 Kimmy，她正拿着镜子紧张兮兮地观察着自己的眼角有没有细纹，镜子放下来，无语凝咽。

希汶和小美无奈地互看了一眼，摇了摇头。

黄真真导演笑了笑，对着 Kimmy 问：

“你那天上船，到底有没有跟九天上床？”

Kimmy 整理了一下忧伤的情绪，脸上重新挂上恰到好处的精致笑容，反问道：

“导演，你有闺蜜吗？”

“有啊。”

“那你就应该知道答案了。”

说罢，Kimmy 和导演心照不宣地相视一笑。

让我们把时间再调拨到新年的那个早上。

九天抱着 Kimmy 走进船舱，将她抛在床上，整个人压上 Kimmy 的身体。

他缓缓俯下身，准备去亲吻 Kimmy 的嘴唇，Kimmy 紧紧闭着眼睛，头情不自禁地向一侧歪了歪。

九天扬了扬嘴角，露出一丝坏坏的微笑，他停止了自己的动作，然后翻身下了床。

“我知道你来不是为了跟我上床，是因为小美吧？”

他一边说，一边倒了两杯酒，递了一杯给从床上坐起来的 Kimmy。

“没错，既然被你看穿了，那我就开诚布公地说。”Kimmy 喝了一口酒，辛辣的酒精流过她的喉咙，她的眉毛微微挑了一下，然后一字一句地对九天说，“我绝对不允许小美跟你走！”

“走不走，那是她的自由，不是你跟我能左右的。”九天撇撇嘴，无所谓地说。

“没有谁能在被感情冲昏头脑的时候做出对的决定。”Kimmy 停顿了一下，见九天没有反应，接着说，“小美为了跟你走，宁愿跟最好的朋友翻脸，宁愿放弃她从小就憧憬的工作，你呢？你能为她留下来吗？哪怕就这一回。”

“我不能。”九天语气淡然又坚定地回答道，“我不是一个会被感情冲昏头脑的人。”

“你爱她吗？”Kimmy 目光逼人地问九天。

“她是个与众不同的女孩，跟我认识的所有女孩都不一样。”九天躲闪着，没有正面回答 Kimmy 的问题。

Kimmy 略带嘲讽地笑了一下，然后对九天说：

“对我来说，她同样也是与众不同的女孩。而且不仅是这样，她还是独一无二的，没有人可以取代她在我心里的位置，你没有勇气承认你爱她，但是我有。九天，小美对你来说可能只是一个可以一起四处旅行志同道合的人而已。可她对我来说，却是从小到大生命中不可或缺的一部分。这世上与众不同的人那么多，如果有一天你再遇见第二个小美，你还能对她不离不弃吗？”

“我喜欢她，但我不敢说爱，爱这个字眼太沉重了。”

九天低着头，褪去了往日的光环和锐气，就像个普通男生一样坐在那里，语气沉缓。

船浮在海面上，随着浪起起伏伏地颠簸着。

两人透过船舱的窗户看出去，海面在阳光的映照下，像洒了一层金粉一样发着刺眼的光。

沉默延续了很长很长时间，杯子里的冰块渐渐露出棱角，他们各自喝光了杯中浅黄色的酒。

“你走吧，就当我们上过床了。”

九天冷静地说，语气平淡得没有任何波澜。

Kimmy 站起身，有些欣慰地看着他，说了声谢谢，转身离开了九天的船。

也许这是小美永远都不会知道的秘密。

但是无所谓，她留了下来，这就是最好的结局。

Kimmy 看了一眼坐在旁边正一头雾水看着自己的小美，默默地想。

《女人那话儿 2》的拍摄结束了，收工的时候，小美还是感慨万千地哭了。

希汶和 Kimmy 抱着她，一边嘲笑她没出息，一边忍不住拭去眼角点点的泪。

这就是她们的故事，没完没了地吵吵闹闹，但又无休无止地彼此相爱。

当某个人被这个世界背叛时，或许没有什么示意，哪怕是不能言明的委屈。

却总会有身边的朋友突然站出来，以前所未有的力量，只手撑天，义无反顾地去为她背叛全世界。

哪个女生原不是纤细如尘。

只是为你，便可顶天立地。

人生的路那么漫长，她们定是要一起慢慢变老的。

她们的故事，也才刚刚开始而已。

不做告别，亦不曾远离。时光不老，彼此不散。

那些相互做伴的日子，终会被时间的手，默默镶上金边，在记忆里闪着璀璨的光芒。

谢谢你的见证。

我们，下次见。

（全文完）

## 后记

# 路程太远不要不回来，千万记得天涯有人在等待

一

《闺蜜》是我的第八本书，这本书的写作时间很赶，赶到我崩溃了好多次。

因为很多客观条件的限制，我只有很短的时间来完成这本小说。

整个初夏，我把自己封闭在自己的小小世界里，日日都是在近乎不眠不休的状态中。

虽然焦虑得一塌糊涂，但毋庸置疑，这是一次非常值得的创作经历。

不然，单靠着一份创作的激情，而没有热情，绝对不足以支撑我完成这个故事。

当于键盘上敲击完最后一个字，我终于可以同故事里的这些人物告别。

释然之余，更多的却是不舍。

特别是这三个女孩子，Kimmy、希汶、小美。

她们仿佛真真实实地活在了另外一个平行时空里。

我遥遥地望着她们，隔着空，手伸出去，又缓缓撤回。

许多年后，我些许奢求地希望，她们依旧能记得这个故事。

记得自己曾在人生最珍贵的时光里，做过的最为勇敢的事情。

其实，也许忘掉更好。

人的一生，总是会因为“记得”这件小事情，而变得很重。

路程太长了，对于爱的人，我们总是希望他们能够轻装上路。

但总归有一些什么，是会留下来的吧。

就仿佛你爱过一个人，时光模糊了他的脸，可是那些仿佛铭刻于记忆深处的诸多瞬间，永不会忘。

正是因着那些转瞬即逝的片刻，才成为了今日的我们。

在茫茫人海中，骄傲或卑微，欢快或悲伤，带着笑，抑或很沉默。

二

故事结束了，北京迎来一个盛夏，这是二〇一四年。

雾霾成了常态，偶尔有仿佛恩赐般的晴天。

农历甲午年，历史上，是一个多事之年。

在时代的苍茫下，我们个人的小小情感，显得那么微不足道，似乎有些难以启齿。

可，你应该记得，你必须得记得。

因为只有把这些小瞬间铭刻心间，你才不会在时间的洪流里迷失。

这是我们丢失彼此后留下的闪烁印记，仿佛一个个坐标，立于走过的路上。

疲惫回头时，会闪着光。

时刻提醒我们，别忘了当初为何出发。

未来太远，我们要怀着满满的感恩和温暖妥帖，才能共同抵达。

所谓不朽，只是因为爱。

只能是因为爱。

## 三

在黄真真导演扎实的故事基础下，一个不一样的小世界，在我描绘的过程里仿佛画卷般，被缓缓展开。

她是天秤座，她的作品也同她一样，敏感优雅，带着独特的女性视角，动人又真实。

我仿佛看到了一个从未碰触过的女性世界。

那么细小温柔，带着棉花糖般的毛茸茸，摸上去，却是妥帖的暖。

七月底，《闺蜜》的电影会在大银幕的世界里同大家相遇。

影像同文字，各自有着其太过不同的魅力。

相信无论你是先看到电影还是先看到小说，总会有新的体会。

希望这个终会逝去的夏天，因为《闺蜜》，能给你和你身边人的人生，留下一点不一样的什么。

无数次，在写作的过程里，我忽然就怀念起，那些年在我身边叽叽喳喳仿佛永远让人猜不透的女孩们。

我忽然就明白了，那些有她们陪伴的泛黄时光。

有一些小心机，有一些小遗憾，有一些小龃龉，有一些小误会。

但更多的，是美好，是相信。

是对这个成年后的世界，打破重建后，回归自我，对于本真的坚持。

人生若只如初见。

这个故事，让我想到了初见的时光。

**四**

希望这本书，能让你记起过去的美好时光。

记得那些在天涯等待着你的人，记得那些也许做了告别却始终会于终点遇见的过客。

那些友谊，那些时光，那些爱恨。

那些执拗，那些一去不回头，那些自以为是的山盟海誓和永远。

那个时候，你不太大，这个世界也很年轻。

你固执地相信，朋友就是全世界，你们可以彼此携手，走过一辈子。

相信我，人一辈子，值得坚持的东西不多。

可这样的情感，它们值得被一说再说，值得你一信再信。

只是，那些被命运的巨浪，载着红尘的船，扬着缘分的帆，顺着生命的河，不受控制，推着渐渐远去或淡出的人。

你们，还好吗？

我很好，只是有点想你们。

也许在前行的路上，我们不小心暂时把彼此丢了。

没事，不着急。

我们，终点见。

祝好。

自由极光

2014 年 6 月

图书在版编目（CIP）数据

闺蜜 / 自由极光著 . -- 长沙 : 湖南文艺出版社 ,
2014.8
ISBN 978-7-5404-6824-8

Ⅰ . ①闺… Ⅱ . ①自… Ⅲ . ①言情小说 – 中国 – 当代
Ⅳ . ① I247.5

中国版本图书馆 CIP 数据核字 (2014) 第 148926 号



上架建议：情感小说

闺蜜

作　　者：自由极光
出 版 人：刘清华
责任编辑：薛　健　刘诗哲
监　　制：蔡明菲　潘　良
特约策划：邹和杰
特约编辑：刘　筝
营销支持：尤艺潼
版式设计：李　洁
封面设计：又　一
内文排版：百朗文化
出版发行：湖南文艺出版社
（长沙市雨花区东二环一段 508 号 邮编：410014）
网　　址：www.hnwy.net
印　　刷：北京京都六环印刷厂
经　　销：新华书店
开　　本：880mm × 1230mm　1/32
字　　数：195 千字
印　　张：8.5
版　　次：2014 年 8 月第 1 版
印　　次：2014 年 8 月第 1 次印刷
书　　号：ISBN 978-7-5404-6824-8
定　　价：36.80 元
（若有质量问题，请致电质量监督电话：010-84409925）

黄真真作品

# 闺蜜

# GIRLS

在我的生命里 你不曾告别也不曾远离

闺蜜

GIRLS

在我的生命里 你不曾告别也不曾远离

黄真真作品

2014.7.31

闺蜜
GIRLS
在我的生命里 你不曾告别也不曾远离
黄真真 作品
2014.7.31

陈意涵 薛凯琪 杨子姗 余文乐 钟汉良 吴建豪
黄真真作品
闺蜜
GIRLS
时光不老 我们不散 情义无价 地久天长
2014.7.31

2016.7.31 宇宙洪荒 寒来暑往 情义无价 地久天长
闺蜜
GIRLS
在我的生命里 你不曾告别也不曾远离
黄真真作品

2016.7.31 宇宙洪荒 寒来暑往 情义无价 地久天长
闺蜜
GIRLS
在我的生命里 你不曾告别也不曾远离
黄真真作品

2016.7.31 宇宙洪荒 寒来暑往 情义无价 地久天长
闺蜜
GIRLS
在我的生命里 你不曾告别也不曾远离
黄真真作品

黄真真作品
闺蜜
GIRLS
在我的生命里 你不曾告别也不曾远离
2014.7.31

闺蜜
GIRLS
2014.7.31

闺蜜
GIRLS

闺蜜
GIRLS
2014.7.31

闺蜜
GIRLS
在我的生命里 你不曾告别也不曾远离
2014.7.31

闺蜜
GIRLS
在我的生命里 你不曾告别也不曾远离
2014.7.31

黄真真作品
闺蜜
GIRLS
在我的生命里 你不曾告别也不曾远离
2014.7.31

闺蜜
GIRLS
2014.7.31

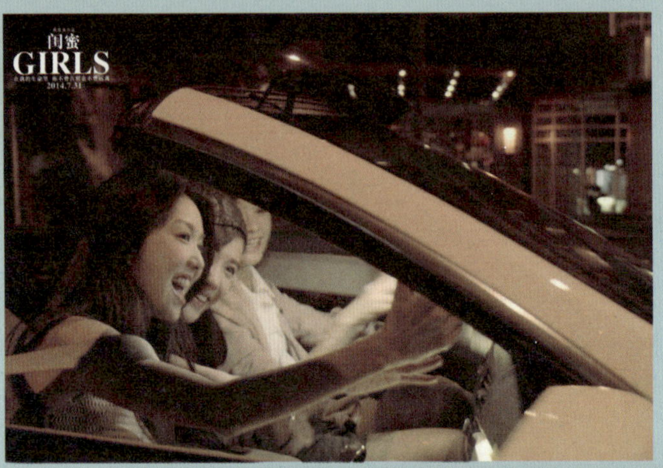

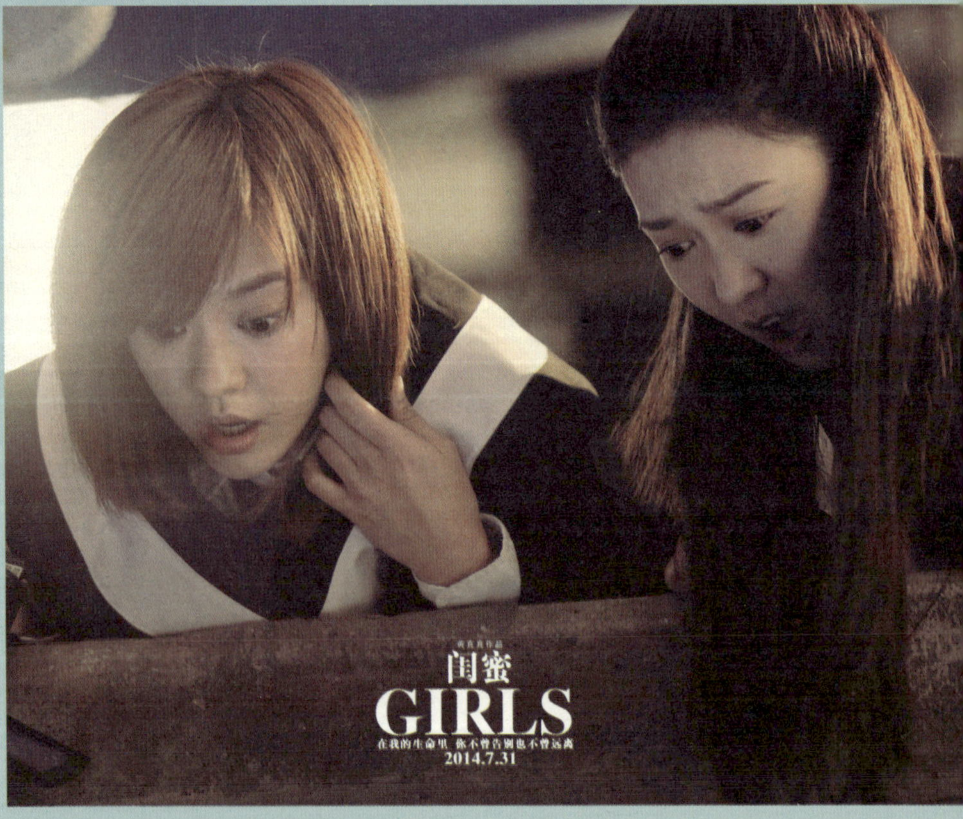
闺蜜
GIRLS
在我的生命里 你不曾告别也不曾远离
2014.7.31

黄真真作品
闺蜜
GIRLS
在我的生命里 你不曾告别也不曾远离
2014.7.31

黄真真作品
闺蜜
GIRLS
在我的生命里 你不曾告别也不曾远离
2014.7.31

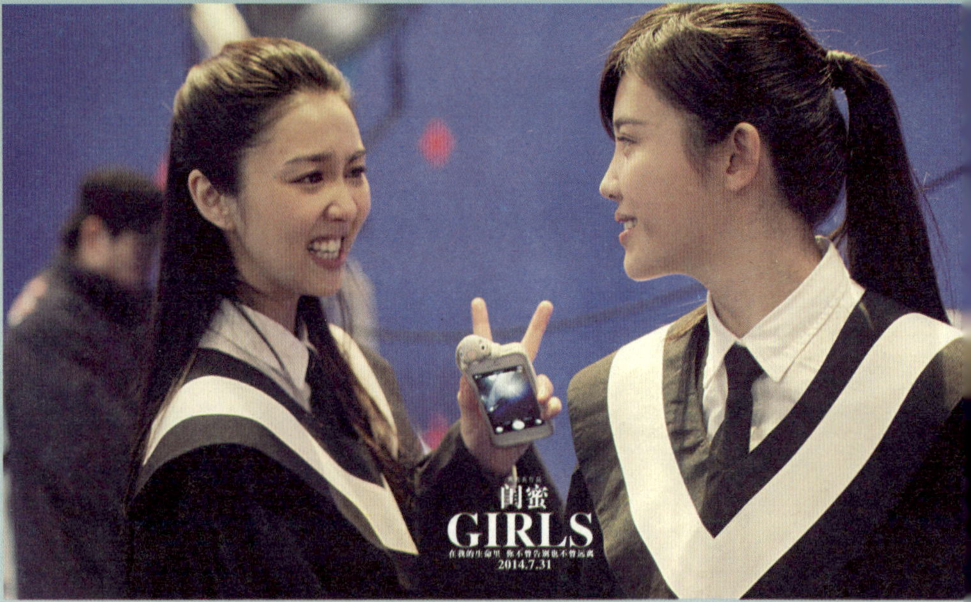

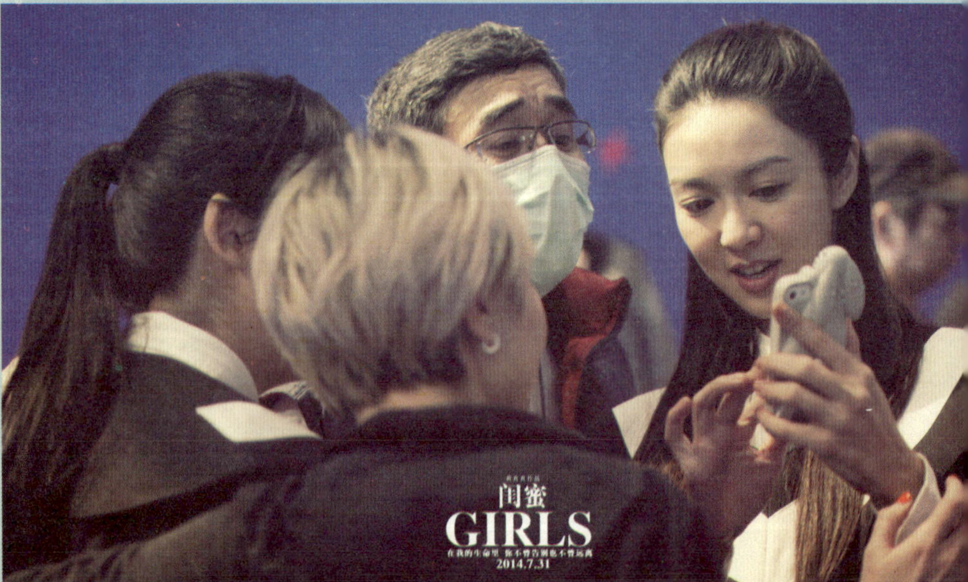

闺蜜
GIRLS
在我的生命里 你不曾告别也不曾远离
2014.7.31

黄真真作品
闺蜜
GIRLS
在我的生命里 你不曾告别也不曾远离
2014.7.31

闺蜜
GIRLS
在我的生命里 你不曾告别也不曾远离
2014.7.31

闺蜜
GIRLS
2014.7.31

闺蜜
GIRLS
2014.7.31

闺蜜
GIRLS
2014.7.31

闺蜜
GIRLS
2014.7.31

闺蜜
GIRLS
2014.7.31

闺蜜
GIRLS
2014.7.31

闺蜜
GIRLS
2014.7.31

闺蜜
GIRLS
2014.7.31

闺蜜
GIRLS
2014.7.31

闺蜜
GIRLS
2014.7.31

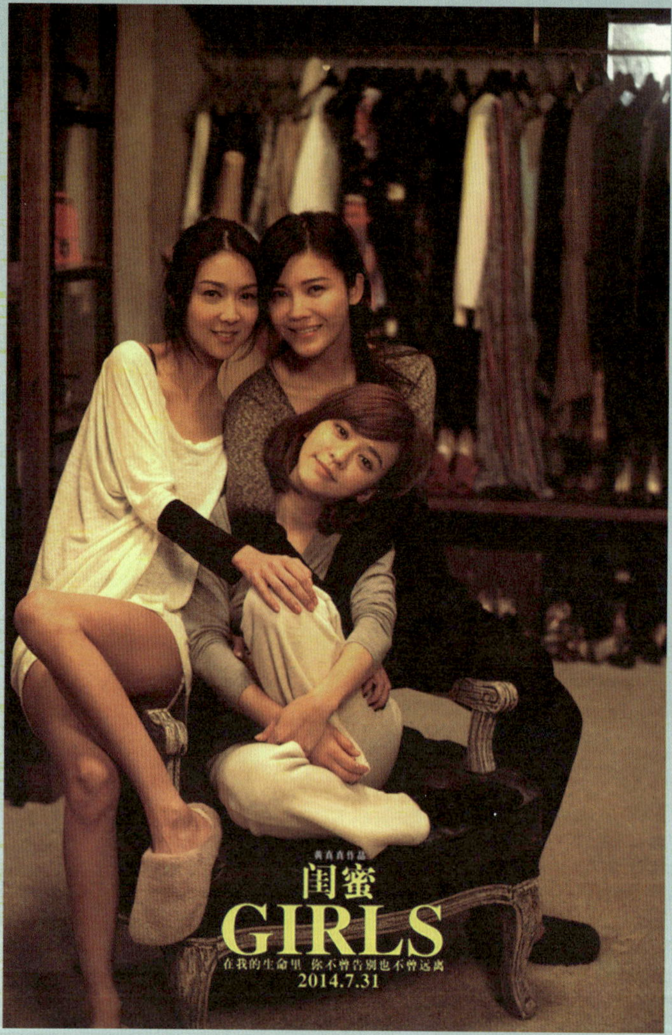
黄真真作品
闺蜜
GIRLS
在我的生命里 你不曾告别也不曾远离
2014.7.31

黄真真作品
闺蜜
GIRLS
在我的生命里 你不曾告别也不曾远离
2014.7.31

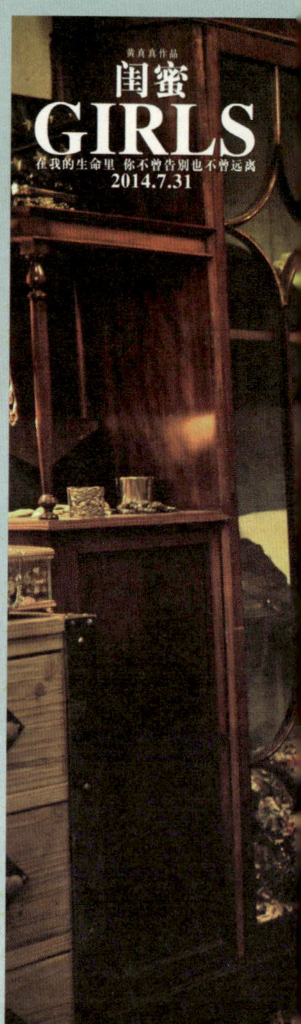

黄真真作品
闺蜜
GIRLS
在我的生命里 你不曾告别也不曾远离
2014.7.31

黄真真作品
闺蜜
GIRLS
在我的生命里 你不曾告别也不曾远离
2014.7.31

华语首部姐妹淘爱情喜剧
纵使／容颜老
闺蜜／永不散
闺蜜
GIRLS
2014.7.31

华语首部姐妹淘爱情喜剧
纵使／容颜老
闺蜜／永不散
闺蜜
GIRLS
2014.7.31

华语首部姐妹淘爱情喜剧
纵使／容颜老
闺蜜／永不散
闺蜜
GIRLS
2014.7.31

华语首部姐妹淘爱情喜剧
纵使／容颜老
闺蜜／永不散
闺蜜
GIRLS
2014.7.31

华语首部姐妹淘爱情喜剧
纵使／容颜老
闺蜜／永不散
闺蜜
GIRLS
2014.7.31

华语首部姐妹淘爱情喜剧
纵使／容颜老
闺蜜／永不散
闺蜜
GIRLS
2014.7.31

黄真真作品
闺蜜
GIRLS
纵使容颜老 闺蜜永不散
2014.7.31